AF286267

DIE TALIBANISIERTE SCHWEIZ
IM JAHRE 2022

DIE TALIBANISIERTE SCHWEIZ IM JAHRE 2022

Ein Tag mit Heidi

Autorin: Heidi Hué

Bibliografische Information der Deutschen Nationalbibliothek:
Die Deutsche Nationalbibliothek verzeichnet diese Publikation in der
Deutschen Nationalbibliografie;
detaillierte bibliografische Daten sind im Internet über
http://dnb.d-nb.de abrufbar.

© 2010 Heidi Hué
Satz, Umschlaggestaltung, Herstellung und Verlag:
Books on Demand GmbH, Norderstedt
ISBN: 978-3-8334-7172-8

Gewidmet meiner überaus couragierten
und tapferen Freundin M., die mich
immer wieder von neuem inspiriert.

Vorwort

»Wollte Gott, dass die allzu grossen Freiheiten, die ich mir beim Schreiben herausnehme, in unseren Menschen den Mut zu eigner Freiheit erweckten: über all die feige, nur vorgeheuchelten Tugenden hinweg, diese Ausgeburten unserer Mängel und Makel.«

Michel de Montaigne, 1533–1592

Les Essais 423/l, übersetzt und zitiert in: Hans Stilett, Von der Lust, auf dieser Erde zu leben. Wanderungen durch Montaignes Welten, Frankfurt am Main 2008, Seite 254.

Ein intensives, dumpfes Brummen. Jeden Morgen der gleiche Alptraum. Schwarzgrün gepanzerte Heuschrecken fliegen mit starrem, gelblichem Blick über mich hinweg. Panik, ich reisse die Augen auf, ich atme kaum. Und dann wird mir wieder schlagartig klar: keine Heuschrecken, sondern ultraleichte Flugzeuge, mit denen Chemiker, Physiker, Manager von ihren Alpvillen direkt an ihren Arbeitsplatz ausserhalb der Muslimstadt Basel geflogen werden. Ich wohne auf dem Land, etwas südlich von Basel, an einem Ort, wo ich sicher bin vor den grellen Schreien der Basler Muezzine, und auch die schrillen Befehle der chemisch hyperaktivierten Vorgesetzten aus Südkorea, Taiwan oder Singapur erreichen mich nicht. Ich bin mein eigener Chef und umgeben von Vogelgezwitscher und dem Gezirpe von Grillen. Doch manchmal träume auch ich vom Leben auf einer Alp, wo die Luft noch würziger ist, die Aussicht noch grandioser und wo in den benachbarten Alpvillen pensionierte Nobelpreisträger, geniale Tüftler, schräge Künstler, schrullige Eigenbrötler, Grossfamilien, schweigsame Bergbauern, Kräuterhexen leben. Es gibt da faszinierende Hauskonzerte, Dichterlesungen, hitzige Diskussionen. Aber davon bekommen die Leute hier oben in der Luft mit ihren Achtzigstundenwochen wenig mit. Schon vor Sonnenaufgang verlassen sie ihre Alpvillen, um zur Arbeit zu hetzen. So will ich auf gar keinen Fall leben. Mein Leben soll leicht und unbeschwert sein, wie ein flauschiges Vogelfederchen. Vielleicht könnte ich auf der Alp ein kleines Geschäft betreiben, seltene Geissen züchten, vietnamesische Texte ins Deutsche übersetzen oder als Professorin einer Internetuniversität Forschung betreiben. Ich müsste auch nicht in einer Villa wohnen. Ein kleiner, umgebauter Geissenstall würde mir genügen. Im Frühling, Sommer und Herbst würde ich mit meinen Kindern und meinen Geissen auf den Bergen herumschlendern, während der Mittagshitze im Schatten einer uralten Kiefer liegen, wissenschaftliche Texte lesen, neben den schlafenden Kindern vor mich hin träumen, den süssherben Duft der Wildblumen einatmen und dann weiterziehen bis zum eisvogelblauen Bergbächlein, und während die Kinder auf den Bergwiesen den Schmetterlingen nachjagen, meine Füsse ins kalte Wasser bambeln lassen, auf einer Internetfolie die neuesten Wirtschaftsdaten analysieren, den Verlauf meiner Aktien verfolgen, vielleicht auch ein Gedicht lesen, und am späteren Nachmittag, wenn die Sonne schon langsam hinter den Bergen mit dem ewigen Schnee verschwindet, heimkehren, mit leuchtenden Wangen. Spätabends, wenn die Kinder schon schlafen, würde ich wieder hinausgehen, mit meinem Mann, den Geräuschen der Nacht lauschen, über uns die lasziv hingestreckte Milchstrasse mit ihrem ekstatischen Sternengefunkel.

Träge wie ein Rhinozeros und umhüllt von einem weiten, langen Nachthemd aus smaragdgrüner Muschelseide liege ich da, immer noch etwas benommen vom gestrigen Edelweissliqueur. Nur langsam lösen sich die miteinander verklebten Fäden auf und ich erinnere mich an die gestrige Grillparty mit meinen Freundinnen Jaguar, Kyra und Elisabeth und da taucht auch mein frisch zugeteiltes Dissertationsthema wieder auf: Kosten-Nutzen-Analyse der Islamisierung der Schweiz von 2000 bis 2020. Aber auch heute spüre ich dabei keinen Funken von Begeisterung. Vor einem Jahr habe ich mein Studium in Mikroökonomie und Neuropsychologie an der Shanghaier Internetuniversität abgeschlossen. Welchen Professor habe ich wohl verärgert und womit? Und was wollen die überhaupt mit dieser Thematik anfangen? Der Islam ist in China ja schon seit vielen Jahren verboten. Ich spüre absolut keinerlei Lust, mich mit diesem Thema zu befassen. Aber es ist mir auch klar, dass ich dann für China erledigt wäre und damit wohl auch für den Rest der Welt. Eine angebotene Dissertation darf man einfach nicht ablehnen. Das Thema würde äusserst arbeitsaufwendig sein. Schon allein die notwendigen Zahlen zu finden ist fast unmöglich. Fragen zu stellen über die Kosten, welche die islamischen Einwanderer verursachten, war lange Zeit in der Schweiz nicht erlaubt und verlässliche Daten über die Mohammedaner in der Schweiz gibt es erst ab 2012. Woher soll ich also wissen, wie viel die Schweiz vorher für Muslime ausgegeben hat, für Sozialhilfe, Invalidenrenten, Arbeitslosenunterstützung, Gefängnisse, Anwälte, Opferhilfe, Frauenhäuser, Spezialklassen, Nachhilfeunterricht, Wiedereingliederungsmassnahmen, Integrationshilfen, Ausschaffungen? Wie hoch waren die gesamten Kosten der Opfer von mohammedanischen Gewalttätern, wie viel musste für Psychotherapie, Arbeitsunfähigkeit, Invalidität dieser Opfer bezahlt werden? Und wie hoch waren die Kosten der traumatisierten Angehörigen dieser Opfer? Wie viele Lehrer waren ausgebrannt, weil sie von mohammedanischen Schülern und Eltern immer wieder schikaniert und bedroht worden waren? Wie viele Lehrer wurden arbeitsunfähig oder mussten frühzeitig pensioniert werden? Wie hoch waren die Kosten, um die nichtislamische Bevölkerung vor Mohammedanern zu schützen? Wie viele Polizisten mussten zusätzlich eingestellt werden? Wie viel kostete die geheimdienstliche Überwachung von Mohammedanern, von Moscheen, von islamischen Organisationen? Viele Mohammedaner heirateten nahe Familienangehörige und hatten als Folge davon weit überdurchschnittlich viele missgebildete und kranke Nachkommen auf die Welt gestellt. Wie teuer war die Betreuung und medizinische Behandlung dieser Kinder? Das Dissertationsthema würde mich stark aufwühlen, auch wenn wir in der Schweiz bereits wieder ein Stück der Freiheit zurückerobert haben, die uns durch die Islamisierung genommen wurde. Ich werde mich mit unvorstellbar dummen Fehlentscheidungen auseinandersetzen müssen. Auch meine Freundinnen, die ich seit meiner frühesten

Kindheit kenne, konnten mir gestern nicht weiterhelfen. Alle drei hatten vorwiegend schlechte Erfahrungen mit Mohammedanern gemacht, und vor allem Kyra schimpfte über die Naivität ihrer Eltern. »Die hätten auch Hitler akzeptiert, wenn er behauptet hätte, seine teuflischen Ideen stammten vom Erzengel Gabriel.« Und Jaguar erwiderte: »Wir und unsere Zukunft waren unseren Eltern scheissegal. Viel wichtiger waren ihnen ihre Multikulti-Träumereien. Sie haben uns für ihre Ideale geopfert.« Und Kyra doppelte nach: »Eigentlich waren unsere Eltern Schweizerhasser, Landesverräter.« Und Jaguar: »Sie konnten nichts wirklich Wichtiges schaffen, und so machten sie sich daran, unsere über zweitausendjährige Kultur zu zerstören.«

Kyras beste Schulfreundin war Fatima gewesen, eine hochintelligente Mohammedanerin, deren Eltern aus Afghanistan in die Schweiz geflüchtet waren. Ihre streng religiösen Eltern erlaubten ihr nicht, mit uns auf der Strasse zu spielen. Und so kannte ich Fatima vor allem aus den Erzählungen meiner Freundinnen, die mit ihr zur Schule gingen. Fatima liebte hitzige Streitgespräche, und meistens setzte sie ihre Meinung durch. Sie war blitzgescheit und ihr Wissensdurst war kaum zu stillen. Stets war sie Klassenbeste und mit grösster Selbstverständlichkeit wurde sie immer wieder zur Klassensprecherin gewählt. Wir waren alle überzeugt, dass aus ihr einmal etwas ganz Grossartiges würde, eine Nobelpreisträgerin oder eine weltberühmte Professorin an einer Eliteuniversität oder eine erfolgreiche Managerin eines Weltkonzerns. Fatimas Eltern jedoch gefiel die Entwicklung ihrer Tochter ganz und gar nicht. Und als Fatima sich mit zwölf weigerte, das islamische Kopftuch zu tragen, verheirateten sie ihre Tochter während einem Ferienaufenthalt mit einem vierzig Jahre älteren Afghanen, einem fetten, ungebildeten, aber reichen Bauern, der schon drei Frauen und zwanzig Kinder hatte. Nach der Hochzeitsnacht übergoss sich Fatima mit einem Kanister Benzin, zündete sich an und starb einige Tage später in einem schäbigen Provinzspital unter entsetzlichen Schmerzen. Noch viele Monate später erbrach sich Kyra nur schon beim blossen Anblick einer Frau oder eines Mannes in islamischen Kleidern. Und da man auf den Strassen von Basel schon damals keinen Schritt gehen konnte, ohne einer Kopftuch tragenden Mohammedanerin zu begegnen, konnte Kyra nicht mehr auf die Strasse gehen. Auch die Schule konnte sie nicht mehr besuchen, da auch dort immer mehr mohammedanische Schülerinnen das islamische Kopftuch trugen. Nachdem auch eine intensive Psychotherapie bei der besten Kinderpsychiaterin von Basel keine Besserung brachte, wurde Kyra von ihren Eltern zu einem befreundeten, älteren Ehepaar geschickt, das seit der Pensionierung in einem abgelegenen islamfreien Bergdorf lebte. Dort fand Kyra allmählich ihre Seelenruhe wieder und bereitete sich an einem Internet-Gymnasium auf die internationale Matur vor. Nachdem sie alle Examen bestanden hatte, wanderte sie ins weitgehend islamfreie Brasilien aus und studierte dort Agronomie, Geophysik und alternative Energietechniken. Vor zwei Jahren kam sie in die Schweiz zurück und ist nun verantwortlich für die Energieproduktion der gesamten nichtislamischen Nordwestschweiz.

Auch meine zweite Freundin Jaguar war durch Moslems traumatisiert worden. Als ich sie kennengelernt hatte, war sie ein stilles, elfenhaftes Mädchen gewesen mit grossen verträumten Augen. Ihre ganz grosse Liebe galt dem Ballett. Ich kann mich noch sehr gut erinnern, wie ich sie um ihren überaus feingliedrigen Körper beneidet habe. Neben ihr sah ich aus wie ein pummeliges Murmeltierchen. Manchmal tanzte sie uns vor und ich war absolut sicher, sie hatte das Talent zu einer ganz grossen Tänzerin. Aber es kam ganz anders. Als Jaguar zwölf war, wurde sie nach der Schule von vier Jugendlichen aus dem Kosovo hinter ein Gebüsch gezerrt und mehrmals vergewaltigt. Jaguars Eltern waren erfolgreiche, stadtbekannte Galeristen und kompromisslos islamophil, wie es sich damals für Schöne, Schicke, Kreative gehörte. Sie verzichteten deshalb auf eine Anklage und schickten ihre Tochter auf ein teures, islamfreies Internat. Vergewaltigungen von nichtmohammedanischen Mädchen durch mohammedanische Banden waren damals in der Schweiz immer häufiger vorgekommen. Aber kein einziger dieser meist ausländischen Verbrecher wurde ausgewiesen, die meisten konnten ihren Alltag weiterleben, als wenn gar nichts passiert wäre, und in ihren Cliquen wurden sie als Helden gefeiert. Auch von der Justiz hatten junge Sexualverbrecher nichts zu befürchten. Die Richter verurteilten gewalttätige Jugendliche durchwegs äusserst milde. Die meisten Opfer hingegen verliessen das Gerichtsgebäude verstört und retraumatisiert und fühlten sich durch die Rechtssprechung zusätzlich verhöhnt. Gewaltopfer konnten von der Justiz keinerlei Gerechtigkeit erwarten. Jaguar veränderte sich nach der Bandenvergewaltigung radikal und ihr Interesse am Ballett verschwand vollständig. Stattdessen liess sie sich in verschiedenen asiatischen Kampfsportarten ausbilden und sämtliche Ferien verbrachte sie seither in speziellen Armeecamps, zum Schrecken ihrer Familie, die sich jahrelang aktiv für eine Schweiz ohne Armee eingesetzt hatte. Nach der bestandenen Matur trat Jaguar in die schweizerische Berufsarmee ein, um sich zur Elitekriegerin ausbilden zu lassen. Nun ist sie Mitglied einer berüchtigten Antiterroreinheit und zuständig für die Überwachung der tödlichen Mauer aus Laserlicht rund um Basel. Es gibt nur einen einzigen Durchgang und niemand kann Basel verlassen, ohne komplizierte Tests, Befragungen und Untersuchungen bestanden zu haben. Vor fünf Jahren wurde die Stadt Basel eine von der Schweiz weitgehend unabhängige islamische Republik. Schon seit einigen Jahren wohnten kaum mehr Nichtmohammedaner in dieser Stadt. Sogar die Islamophilsten Urbasler hatten die Stadt verlassen, nachdem dort die neue, islamische Bevölkerungsmehrheit die Scharia eingeführt hatte und Nichtmohammedaner nur noch mit eingeschränkten Rechten geduldet wurden. Die Eltern von Jaguar hatten die Zeichen der Zeit schon sehr viel früher erkannt und ihre Galerie und ihre Altstadtvilla zu einem guten Preis an eine islamische Stiftung verkauft. Nun wohnen sie in Riga, der schönsten Stadt von Lettland, und geniessen dort weiterhin, als ob nichts geschehen wäre, ein unbeschwertes, kulturell reiches, Cocain gepudertes Swinger-Leben. In Jaguars ehemaligem Elternhaus wohnt nun ein mohammedanischer Scharfrichter mit seinen vier Frauen und seinen über dreissig Kindern.

Auch meine dritte Freundin Elisabeth mit dem stillen Madonnengesicht konnte mir gestern bei meinem Dissertationsthema nicht helfen. Sie redet normalerweise nur wenig und gestern Abend sagte sie kaum ein Wort. Schon als Kind hatte sie eine wunderschöne, kristallklare Stimme gehabt und erhielt seit ihrem zehnten Lebensjahr in der Musikakademie Privatunterricht. Elisabeth war, wie auch ihre Eltern, Mitglied der Heilsarmee und als sie vor acht Jahren mit anderen christlichen Jugendlichen während der Weihnachtszeit auf den Strassen von Basel Weihnachtslieder sang und für benachteiligte Menschen Geld sammelte, schlug ein zufällig vorbeigehender junger Mohammedaner so lange auf sie ein, bis sie regungslos am Boden lang. Ihr Nasenbein wurde zertrümmert und durch die Schläge auf den Kopf erlitt sie eine schwere Hirnerschütterung. Der Täter war ein kürzlich eingebürgerter Muslim und Sozialhilfeempfänger. Die weihnachtlichen Lieder seien eine schwere Beleidigung seines Glaubens, gab er zu seiner Verteidigung an. Schon in seiner Jugend war er durch üble Gewaltakte an nichtmohammedanischen Mitschülern aufgefallen. Da er aber in der Schweiz geboren wurde, in der Schweiz zur Schule ging und fliessend Schweizerdeutsch sprach, galt er als integriert und durfte trotz seinen Gewaltausbrüchen in der Schweiz bleiben. Wenn ein junger Mann das 22. Lebensjahr erreichte, wurden all seine Jugendstrafen gelöscht und er konnte problemlos in der Schweiz eingebürgert werden, selbst wenn er in seiner Jugend jemand ermordet hatte. Elisabeth wurde nur schwer verletzt, und deshalb verurteilte ihn das Gericht bloss zu einer bedingten Freiheitsstrafe und die staatliche Opferhilfe überwies Elisabeth als Schmerzensgeld 5000 Franken, was einem durchschnittlichen Monatseinkommen entsprach. Damit konnte man gerade mal zwanzig Therapiestunden bei einem guten Psychiater bezahlen. Der Täter musste nichts bezahlen, da er Sozialhilfeempfänger war und auf dem Existenzminimum lebte. Vom Tag dieses Urteilsspruchs an verstummte Elisabeth und nachdem sie ihrem Täter mehrmals wieder auf der Strasse begegnet war und er sie dabei stets nur triumphierend angrinste, weigerte sich Elisabeth, das Elternhaus auch nur für kurze Zeit zu verlassen. Schliesslich schickten ihre Eltern Elisabeth zu Verwandten in die Vereinigten Staaten, wo sie in einer islamfreien Umgebung die Schule besuchen konnte. Später studierte sie an der dortigen Universität Mathematik und Physik. Seit zwei Jahren arbeitet sie zusammen mit Kyra und Jaguar im Militärstützpunkt vor Basel. Ich weiss sehr wenig über ihr jetziges Leben, auf alle persönlichen Fragen schweigt sie, als wären ihr Mund und Ohren für immer versiegelt worden. Trotzdem ist sie mir nahe und immer wenn ich ihr trauriges Gesicht wie aus sanftem Mondlicht sehe und ihre einsame Nachtigallenstimme höre, wird mir seltsam schwer ums Herz.

Kyra und Jaguar hingegen schimpften weiterhin wie Rohrspatzen über den Islam, aber schliesslich mochte ich mir keine schrecklichen Geschichten mehr anhören, und so stand ich auf und holte aus dem Picknickkörbchen meine selbstgemachte Schokoladentorte, die ich mit reichlich grüner Fee aromatisiert hatte, und eine Flasche Edelweissliqueur, zündete die Kerzen in den bunten Lampions an und hängte sie an die unteren Äste der weiss und rosarot blühenden Bäume. Das wirkte. Kyra und Jaguar hörten sofort auf mit ihren wüsten Verfluchungen und wir bestaunten in völliger Stille das irre kunterbunte Lichtermeer. Schliesslich stimmte Jaguar ein altes Volkslied an: »Mir Senne händs luschtig, mir Senne händs guet, händ Chääs und händ Angge und d'Sunne im Bluet«, und Kyra jodelte dazu. Der böse Fluch, der immer auftaucht beim Thema Islam, war weg und wir lachten wie verrückt und assen und tranken, bis wir einfach nicht mehr konnten. Und dann, ganz am Schluss, als schon ein kühles Lüftchen wehte und wir uns in unsere weichen Cashmere-Decken einhüllten, die ich aus einer verlassenen Nachbarvilla retten konnte, begann Elisabeth zu singen, ich glaubte es zunächst kaum, aber sie sang tatsächlich, ganz leise, kaum zu hören, ein uraltes Weihnachtslied, mit ihrer wunderschönen Glöckchenstimme – In dulci jubilohoho, nun singet und seit frohoho. An danach kann ich mich nicht mehr erinnern. Offensichtlich habe ich es geschafft, nach Hause zu kommen, mich auszuziehen und in mein Bett zu steigen.

Jetzt nach dem Erwachen bin ich alles andere als fit. Eine bleierne Schwere liegt auf meinem ganzen Körper. Die Rache der grünen Fee. Aber nach zwei Einheiten»Superwach« in jedes Nasenloch gesprayt fühle ich mich so knallwach wie nach einem Bad in einem eiskalten Bergbach. Und da taucht mein Traumbild von letzter Nacht wieder auf: der französische Widerstandskämpfer Violett vor einer Mauer, an einem frühen Morgen. Er steht lässig da, schick gekleidet, die oberen Knöpfe seines Hemdes offen, und er lächelt zufrieden, als sei vor ihm ein reich gedeckter Frühstückstisch voller Buttercroissants und selbstgemachter Konfitüre. Vergnügt blinzelt er in die Morgensonne. Etwa zehn Meter vor ihm stehen in einem Halbkreis mehrere finstere, gesichtslose Gestalten, alle in dicke Mäntel gehüllt, und ihre Gewehre zeigen alle auf ihn. »Das Licht ist stärker als die Finsternis«, hat meine vietnamesische Grossmutter immer wieder gesagt. Violetts Lächeln finde ich auch wieder auf den beiden Schwarzweissphotos, die ich gegenüber meinem Bett aufgehängt habe, in Ebenholzrahmen gefasst. Auf dem ersten Photo die beiden Buddhas von Bamjan, kurz bevor sie durch fanatische Moslems zerstört wurden. Daneben der Eiffelturm im Mondlicht, so wie ich den Eiffelturm sah, bevor auch er von Mohammedanern in die Luft gesprengt wurde. Auch der Eiffelturm scheint zu lächeln, umflattert von den vielen Schmetterlingen an meinen dschungelgrünen Wänden: violette, königsblaue, hellblaue, zitronengelbe, schillernde winzig kleine Schmetterlinge, ohne Lupe kaum zu erkennen, und daneben riesige, gross wie Untertassen, unwirklich schön leuchtend in den verrücktesten Farben, wie aus den dichtesten Urwäldern hergeflattert. Am Boden das dunkelrote Parkett aus würzig duftendem Muhuhuholz, neben meinem uralten Opiumbett aus dunklem, orange blitzenden Mahagoni ein zierliches Nachttischchen aus lieblichem Rosenholz mit einer von giftgrünen Adern durchzogenen fliedervioletten Marmorplatte und darauf das Buch, worin ich gestern vor dem Einschlafen noch gelesen habe, die Reiseberichte des japanischen Dichters Basho, der vor über 300 Jahren in einem dünnen Papierkleid durch Japan gewandert ist, ein kleines Bündel mit dem Allernötigsten umgehängt. Über dem Buch breitet sich wie ein kleiner Fallschirm ein Lampenschirm aus, übersät mit vielen bunten Glasblumen, die wie kunterbunt hingewürfelte Edelsteine einer noch schlaftrunkenen, unendlich verspielten Prinzessin funkeln. Am Fussende des Bettes steht ein Stuhl aus fast schwarzem Arvenholz, und sein Duft von sonnengewärmten Bergmatten parfumiert meine auf ihm liegenden Kleider, die ich gestern für heute bereit gelegt habe: hellblau gebleichte Jeans und ein blassgrünes T-Shirt, das früher mal Bestandteil eines alten Ballkleides war. Rechts an der Wand steht ein einfaches Holzgestell, in dem all die Kleider hängen, die ich seit zehn Jahren gesammelt habe: Kostbarkeiten aus feinstem Leinen, Vikunja-Wolle, Koishima-Seide, bestickt mit exotischen Federchen, Glitzersteinchen, verrückte Kleider von weltberühmten Couturiers neben liebevoll selbstgenähten Kleidern aus den wunderbarsten Kolibristoffen. Viele alte, vereinsamte Frauen schenkten mir ihre schönsten Kleider als Dank fürs Einkaufen, fürs Begleiten zum Arzt, fürs Vorlesen, fürs Vorsingen, weil sie ins Altersheim mussten oder weil sie wussten, dass sie bald sterben würden. Sie haben mir ihre kostbarsten Kleider überlassen, wie man der besten Freundin sein liebes Hündchen anvertraut. Wie ein Gebirgsbach fliessen die Minuten und Sekunden murmelnd vor sich hin und ich liege einfach da und höre, wie mein Herz ruhig und kräftig pocht. Meine Hände liegen über dem Bettüberzug aus gelblicher Taftseide und ich rieche Schmetterlingsstaub, atme Schmetterlingsfreiheit. Noch liege ich einfach da, als wäre ich eben aus einem engen Cocon geschlüpft, mit noch leicht verklebten Flügeln, staunend ob all der Pracht um mich herum. Durch meinen dicken Damastvorhang dringen bereits einzelne Sonnenstrahlen. Mit einem Ruck schwinge ich mich aus dem Bett und wirble auf Zehenspitzen zu meinem riesengrossen Spiegel mit den vielen kleinen goldenen Vögelchen, die auf dem silbernen Spiegelrahmen herumtollen. Lady Veruschkas Spiegel.

Lady Veruschka war eine russische Primaballerina, die ich vor fünf Jahren in einem Altersheim betreute. Sie schenkte mir den Spiegel zum Dank dafür, dass ich sie nach Zürich, an eines der schönsten Opernhäuser der Welt begleitete. Schwanensee. Wir sassen bequem auf hellroten Samtsesseln und so nahe bei der Bühne, dass ich das Atmen der Tänzerinnen hörte, und über uns funkelten riesige Kristall-Leuchter wie explodierendes Feuerwerk am Nachthimmel. Die Tänzer tanzten hinreissend, mit vollendeter Eleganz. Ich sass da wie in Trance. So etwas Schönes hatte ich bisher nur in den Bergen gesehen, beim Flug des Adlers, beim Getänzel der kleinen, durchscheinend blauen Schmetterlinge. Als die Vorstellung zu Ende war, klatschte ich, bis meine Hände mich schmerzten. Lady Veruschka schaute mich dabei mit seltsam grünlich glänzenden Augen an und lud mich in die Mahagonibar der Kronenhalle ein, eine Bar wie der Bauch einer luxuriösen Privatjacht. »Ein absolut mystischer Ort«, flüsterte mir Lady Veruschka ins Ohr und bestellte all ihre Lieblingscocktails, alle auf einmal. Ein in Schwarz-Weiss gekleideter Kellner mit violett schwarzen Augen balancierte ein grosses Silbertablar mit 12 verschiedenen Gläsern an unser Tischchen, jedes Glas von einer anderen Grösse und von einer anderen Farbe: Side Car, Flying, New Dawn, Blue Ocean, Singapore Sling, Mai Tai, Waikiki, Wild Irish Rose, L`arbre du Ciel, Angel`s Kiss, God Father, Lumumba. Von jedem nippte Lady Veruschka nur ein wenig, aber ihre Augen funkelten fiebrig wie Feueropal. Ich hätte so gern mehr erfahren über ihre Geschichten, aber sie schwieg und schaute mich nur in höchster Glückseligkeit an. Etwas skeptisch begann auch ich von jedem Glas ein wenig zu kosten und schon flog ich mit Lady Veruschka und ihren unausgesprochenen Geschichten weit, weit weg, sah Sonnenaufgänge auf Honolulu, weisse Sandstrände, hellblaues, stilles Meer, blumenbekränzte Hula-hop-Tänzer, Ukulelespieler, begleitete Lady Veruschka auf Dschungelbühnen, spürte Herzklopfen bis in die Zehenspitzen, den Rausch der Geschwindigkeit, den Rausch des Wartens, des Losstürmens, des endlos langen Schwebens in flirrender Luft, dann tosender Applaus, Zurufe, scharlachrote Riesenvorhänge, und immer wieder senkten sie sich und wurden wieder hinaufgezogen, unendlich weit hoch, Zwischenrufe und weiter Klatschen, Toben, exstatische Gesichter, und dann wieder heiteres Geplauder von vornehm gekleideter Gesellschaft an endlos langen Tischen, überzogen mit weissem Damast, und darauf in grossen silbernen Schalen hohe Türme aus Austern, daneben orangeroter Hummer umgeben von grasgrünen, hellgelben und dunkelvioletten Saucen, dann eine Schüssel voll grünlichem Kaviar, eine zweite Schüssel voll pechschwarzem Kaviar, eine dritte Schüssel voll rotem Kaviar, Berge von exotischen Früchten und überall Bouquets mit riesengrossen Regenwaldblumen, an denen Tautropfen wie Freudentränen herunterperlten, und dann wieder fort, New York, Taxidriver, schrille Pfiffe, von irgendwo zugeraunte, anzügliche Bemerkungen, schwarze Bluesmusiker in einem verrauchten Lokal irgendwo in Harlem, lasziv tanzende Paare, die Männer im Smoking, die Frauen in matt schillernden Pailettenkleidern, herumfliegende, sehr lange Perlenketten, in Weiss, Rosa, Grünschwarz, der Duft von dunkelvioletten Orchideen in den schon leicht gelösten, seidig glänzenden Haaren, schwere, berauschende Parfums, Moschus und Madagaskar-Vanille vermischt mit Schweiss, dann wieder das Geräusch eines Pfeiles und ich flaniere in St. Petersburg durch ganze Alleen von glitzernden Kronleuchtern und einen Herzschlag später bin ich umkreist von blutjungen Geishas mit kleinen, klatschmohnfarbigen Mündchen, vor sich hinplappernd, kichernd, und plötzlich nähert sich eine uralte, schneeweiss gepuderten Geisha in einem schweren, blumenbestickten Kimono, mit langsamen Bewegungen voller Grazie, begleitet vom Schrei der kostbaren Seide, und auf einmal wurde es dunkel und wir wurden weggewirbelt, nach oben auf eine Alp, Gletscherluft, helles Glockengebimbel von weidenden Schafen, ein leises, komplizenhaftes Meckern, der Geruch von tierischer Wärme, von tierischem Wohlbehagen, über uns die ganze Weite des unendlichen Sternenhimmels, verlockend funkelnd vor einem pechschwarzen Tuch, ein riesiges Orchester und unter uns ganz still und ruhig der Genfersee und dann wurde es auf einmal komplett finster. Irgendwann hatten wir alle Gläser leer getrunken, irgendwer hat uns dann zum Taxi begleitet, und als wir in Basel ankamen, schlief Lady Veruschka so tief, dass sie auch durch heftiges Rütteln und lautes Anschreien nicht mehr aufgeweckt werden konnte. Sofort rief man den Krankenwagen und mit Blaulicht und quietschenden Reifen wurde sie ins nächste Spital transportiert. Ich war noch viel zu benommen, um all die Vorwürfe und Beschimpfungen zu verstehen, mit denen mich das Pflegepersonal überschüttete. Ein Teil meiner Seele ist weit weg auf der Alp geblieben und ist seither nicht mehr zurückgekehrt. Schliesslich wurde ich wie ein verlauster Strassenköter aus dem Heim gejagt. Damals habe ich mir geschworen, alles zu tun, um so schnell wie möglich selbständig arbeiten zu können. Meine eigene Chefin sein. Lieber als freie Geissenkäserin in irgendeinem verlassenen Tessinertal arbeiten, lieber in den Bergwäldern, in einer selbstgezimmerten Hütte leben und mich von Wildbeeren und Eichhörnchenbraten ernähren, als in einer teuren Villa wohnen und dafür den Launen eines Vorgesetzten ausgeliefert zu sein. Lieber arm als abhängig. Lieber arm als abhängig, wiederholt der Spiegel aus Lady Veruschkas duftender Geissblattvilla und es schien mir, als zwitscherten mir hunderttausend Goldvögelchen aufmunternd zu. Nach einer Woche kontaktierte mich das Spital. Lady Veruschka war wieder wohlauf, aber sie wollte nun partout nicht mehr ins Altersheim zurück. Ob ich sie zu mir nehmen könnte, sie habe ja sonst niemanden und sie brauche ja nur wenig Pflege. Selbstverständlich würde ich auch anständig entlöhnt werden, es sei ja immer noch ein grösseres Vermögen da. Ich überlegte es mir einen ganzen Tag und eine ganze Nacht lang und sagte schlussendlich zu. Lady Veruschka zog in die schon längere Zeit leer stehende Parterrewohnung unter mir ein, trinkt da nun täglich nach Lust und Laune Champagner, singt oft laut vor sich hin und blüht sichtlich auf.

Wenige Tage nachdem ich die internationale Matur bestanden hatte, verunfallte mein Vater tödlich. Ein halbes Jahr später heiratete meine Mutter Mahmud, einen abgewiesenen Asylbewerber aus dem Irak, der 15 Jahre jünger war als sie. Meine Mutter hatte sich auf den ersten Blick unsterblich in ihn verliebt, aber mir war er sofort unsympathisch. Sein Lächeln war mir zu süss, seine Stimme zu laut, sein Parfum zu schwülstig, und je mehr ich ihn kennenlernte, desto grösser wurde meine Abneigung. Ich warnte meine Mutter vor ihm, aber sie lachte mich nur aus. Ich bat sie, vor der Heirat doch mindestens ein Jahr lang mit ihm zu leben. Aber sie sagte nur, eine Wahrsagerin habe ihr bestätigt, dass er der Mann ihres Lebens sei, mit ihm werde sie bis an ihr Lebensende glücklich sein, und sie schwärmte von seinen wunderschönen schwarzen Augen. Am Hochzeitstag zog Mahmud zusammen mit seiner Mutter, seinem Vater und seinen sieben jüngeren Geschwister ins Haus meines Vaters. Im früher so ruhigen Haus war nun ein ständiges Schreien und Rufen und es herrschte ein furchtbares Durcheinander. Ich packte so schnell ich konnte all meine Sachen und floh zu meiner Freundin Julietta, die zwanzig Kilometer ausserhalb von Basel lebte, in einer hübschen Drei-Zimmer-Mietwohnung, mitten im Grünen. Obwohl Julietta in der Schweiz geboren worden und hier aufgewachsen war, fühlte sie sich wegen der Islamisierung nicht mehr wohl in der Schweiz. Schon längere Zeit hatte sie sich überlegt, wieder nach Italien, in die vollständig vom Islam befreite Heimat ihrer Vorfahren zu ziehen. Als sie dann nach einem halben Jahr definitiv die Schweiz verliess, übernahm ich ihre Wohnung und konzentrierte mich voll auf mein Studium an der Fernuniversität Shanghai. Meiner Mutter konnte ich nicht mehr helfen. Seit ihrer Heirat durfte ich sie nicht mehr sehen. Tagelang habe ich vor dem ehemaligen Elternhaus gewartet in der Hoffnung, mit ihr sprechen zu können. Aber sie verliess das Haus nur noch selten und war dann stets in Begleitung eines männlichen Familienangehörigen von Mahmud, und immer wenn ich mich meiner Mutter näherte, wurde ich von dem Begleiter bedroht und weggescheucht, als wäre ich ein lästiges Insekt. Meine früher so überaus redselige Mutter war unter ihrem Schleier vollkommen verstummt und ihre früher so beschwingten Schritte wurden staksig und unsicher. Ich schrieb ihr viele Briefe, aber sie beantwortete keinen. Ein Jahr nachdem Machmut meine Mutter geheiratet hatte, nahm er sich eine zweite Frau, seine erst zwölfjährige Cousine aus dem Irak. Vor zwei Jahren wurde meine Mutter wegen angeblichem Ehebruch auf dem Münsterplatz zu Tode gesteinigt. An einem Karfreitag, in der Morgendämmerung, umgeben von einer grossen Menge gaffender Leute. Ich wurde nicht über ihre Hinrichtung informiert und ich erfuhr auch nie, wo man sie nach der Steinigung verscharrt hatte. Ich empfand keine Wut, nur eine ganz tiefe Trauer, die mich seither begleitet wie ein Schatten, manchmal zunimmt, manchmal abnimmt.

Nach den islamischen Gesetzen durfte ich als »Ungläubige« von meiner Mutter nichts erben. Mein Elternhaus und alles was an sonstigem Vermögen und Erinnerungsgegenständen von meinen Eltern übriggeblieben war, erhielt Mahmut.

Seit ich von zu Hause ausgezogen bin, lebe ich von verschiedenen kleinen Jobs. Meine Einkünfte sind nicht sehr hoch, aber da meine vietnamesische Grossmutter mich immer wieder ermahnt hat, nur Geld für das Allernötigste auszugeben, kann ich mit meinem Einkommen sehr gut leben. Meine Kolleginnen begannen gleich nach dem Studium in gut bezahlten Topstellen zu arbeiten, wo sie nun an fünfzig Wochen pro Jahr schuften, während achtzig Stunden in der Woche, um mit den blitzgescheiten Kollegen aus China, Korea, Vietnam und Taiwan mithalten zu können. Sie fliegen mit den modernsten Solarflugzeugen herum, kleiden sich mit den schicksten Kleidern von den exklusivsten Modedesignern aus Saigon, essen in den teuersten Restaurant köstlichstes Brainfood, beleuchtet von hirnaktivierenden Lichtern, verbringen die Wochenenden an den mondänen Stränden von Jalta, reiten durch die neuen Wälder von Island oder shoppen in den Luxusstrassen von Kiew. Aber für nichts auf der Welt würde ich mit ihnen tauschen. Meine Freiheit gebe ich nicht mehr her, für kein Geld dieser Welt.

Ich öffne die Türe zu meinem kleinen Balkon und bin umhüllt vom Duft der wilden Damaszener-Rosen, die vom Boden meines Balkons bis aufs Hausdach geklettert sind. Ich lehne mich ans Geländer, vor mir liegt mein Paradiesgarten, meine hunderttausend Quadratmeter grosse Wildnis. Vor zehn Jahren hatte eine internationale Lebensmittelkette dieses Grundstück gekauft, um darauf ein gigantisches Einkaufszentrum zu bauen. Aber schon wenige Monate später brannten wütende Mohammedaner mehrere Filialen dieser Firma nieder, weil das Management den Mitarbeitern das Tragen von islamischen Kleidungsstücken untersagt hatte. Da Basel bereits damals eine stark vom Islam geprägte Stadt war, wurde das Projekt gestoppt und das Land zum Verkauf ausgeschrieben. Aber kein Schweizer wollte so nahe bei der Moslemstadt Basel bauen und die Mohammedaner, die neuen Bewohner der Stadt Basel, hatten kein Interesse an diesem abgelegenen Grundstück. Das Land hatte früher einem Gärtner gehört, der sich auf seltene Stauden und vom Aussterben bedrohte Obstbäume spezialisiert hatte. Viele Pflanzen und Bäume entwickelten sich nach dem Wegzug des Gärtners weiterhin prächtig und innerhalb von nur wenigen Jahren war dieses Stückchen Erde überwuchert von wunderbar duftenden Wildpflanzen, Sträuchern in allen Formen und Farben, hochstämmigen Obstbäumen mit immensen Kronen. Viele Vögel, die seit Jahrzehnten nicht mehr in der Umgebung zu sehen waren, tauchten plötzlich wieder auf und fanden eine neue Heimat in den seit Jahren ungestutzten Hecken, in den riesigen Baumkronen, in den zerfallenen Gewächshäusern. Von morgens früh bis in die späten Abendstunden ist die Luft vor meinem Fenster erfüllt von fröhlichem Gezwitscher und die Obstbäume bilden im Frühling ein halluzinogenes Meer aus weissen und rosaroten Blüten. Und immer gibt es in meinem Garten irgendwo irgendwelche wunderbar reife Früchte, süsse Beeren, knackige Salate, die ich jeweils am Samstagmorgen in Zürich auf dem Wochenendmarkt verkaufe. Allein von dem, was ich an diesem halben Tag verdiene, könnte ich einen ganzen Monat lang ganz komfortabel leben.

Früher hatten hier in der Umgebung Lehrer, Beamte, Ärzte, leitende Angestellte gelebt. Sie wohnten weitgehend sorglos in ihren schmucken kleinen Einfamilienhäusern, und in ihren Doppelgaragen standen neue, auf Hochglanz polierte Autos in den dezenten Farben der oberen Mittelklasse. Aber nach mehreren brutalen Überfällen und Geiselnahmen durch islamische Banden flohen die Bewohner aus ihren schönen Häusern und bauten sich an einem sichereren, islamfreien Ort wieder eine Zukunft auf. Die Angst vor herumziehenden, völlig verarmten Mohammedanern aus aller Welt, die raubten, was immer ihnen in die Hände kam, und erschlugen, wer sich zu wehren versuchte, war riesengross. Fast alle Einfamilienhäuser in der Umgebung sind nun verwüstet und unbewohnbar.

Vor sechs Jahren erzählte mir meine Freundin Jaguar von den geheimen Plänen einer Stadtmauer aus tödlichem Laser rund um Basel. Mit einer solchen Mauer würde die Umgebung um Basel sehr viel sicherer sein, und so habe ich dieses riesengrosse Stück Land direkt hinter meiner Wohnung für nur hunderttausend Schweizer Franken gekauft. Ich war immer sehr sparsam gewesen. Mit sechs begann ich nach der Schule verschiedenen Leuten in der Umgebung die Einkäufe zu besorgen und erhielt dafür meistens einen kleinen Geldbetrag. Auch die Nötli, die ich zum Geburtstag oder an Weihnachten oder als Anerkennung für meine guten Zeugnisse erhielt, zahlte ich auf mein Bankkonto ein. Mit sieben schenkte mir meine vietnamesische Grossmutter meine ersten Aktien. Als ich zehn Jahre alt war, hatte ich schon mehr Geld auf meinem Konto als meine Eltern. Mein Vater verdiente als Hausarzt zwar recht gut, aber meine Eltern gaben das Geld stets mit vollen Händen aus. Für wirklich grosse Anschaffungen war meistens kein Geld übrig und so konnte sich mein Vater den hübschen, tausend Quadratmeter grossen Garten hinter unserem kleinen Reiheneinfamilienhäuschen einfach nie leisten. Was hätte mein Vater wohl zu meinem hunderttausend Quadratmeter grossen Paradiesgarten gesagt, den ich mir mit knapp sechzehn habe kaufen können, aus meinem Ersparten? Und ich hatte erst noch genug Geld übrig für mein Studium an einer Eliteuniversität in Shanghai.

Ich gehe wieder ins Schlafzimmer und mache wie jeden Morgen die Übungen, die mir Doktor Shashi, mein alter indischer Hausarzt mit dem schneeweissen Spitzbärtchen, empfohlen hat. Seine Praxis ist in Simla, einem kleinen Städtchen in den Bergen nördlich von New Delhi und wann immer mich etwas plagt, ist er für mich da. Ich brauche mich bloss übers Internet zu melden. Ohne ihn und seine guten Gespräche hätte ich den schrecklichen Tod meiner Mutter kaum verkraften können. Die tiefe Trauer will er mir aber nicht ganz wegnehmen. Diese Trauer sei normal und notwendig, ohne dieses tiefe, echte Gefühl würde ich einen Teil meiner Menschlichkeit verlieren.

Ich lege mich auf das von der Sonne beschienene Muhuhu-Parkett, das ganz intensiv nach blühenden Alpwiesen duftet, und führe die Entspannungsübungen von Doktor Shashi durch, begleitet von Alphornklängen und dem Gebimmel von Kuhglocken, und allmählich weicht die Schwere von meinem Herzen und ich fühle mich, als wäre ich ganz zuoberst auf einem Berggipfel, und hoch über mir segeln Wanderfalken völlig geräuschlos in der flirrenden Alpenluft und ich verliere jegliches Zeitgefühl. Die Musik wird immer leiser und schliesslich ist es ganz still. Ich strecke mich wie eine Tempelkatze, stehe auf und schlüpfe in meinen Morgenrock aus blaugrüner mattschimmernder Seide. Dann sause ich in meine Küche aus schneeweissem Marmor.

Die Küche hat mir auch Julietta überlassen. Ihr Vater war mit seiner jungen Frau vor vielen Jahren in die Schweiz eingewandert und hatte hier fünfzehn Jahre lang als Strassenarbeiter geschuftet, bis er mit vierzig an Lungenkrebs starb. Juliettas Grossvater war in Italien geblieben, wo er jahrzehntelang in den Marmorbergen von Carrara gearbeitet hatte. Sie war seine einzige Enkelin, und als sie zwanzig wurde, schenkte er ihr diese absolut einzigartige Küche. Den Boden, die Geschirrwaschmaschine, den Kühlschrank, den Herd, alles hat er mit feinstem, makellos weissem Marmor überzogen. Ursprünglich wollte Julietta nach der Matur in Basel Kunst studieren. Nachdem sie jedoch mehrmals von Mohammedanern auf offener Strasse angespuckt und bedroht worden war, fühlte sie sich hier in der Schweiz nicht mehr daheim und wanderte ins schon damals islamfreie Italien aus. Dort konnte sie in aller Ruhe Kunstgeschichte studieren. Nun ist sie eine gefragte Expertin und in ihren E-Mails schwärmt sie von der südländischen Leichtigkeit des Lebens. Abends kann sie ohne männliche Begleitung durch die Altstadt schlendern, gekleidet in ein luftiges, kurzes Sommerkleid, trifft sich mit Freundinnen in kleinen Trattorien, trinkt Wein, plaudert, diskutiert, lacht und flirtet in aller Öffentlichkeit nach Herzenslust, ohne Angst vor durchgeknallten Mohammedanern haben zu müssen, die überall und jederzeit auftauchten könnten, mit Schlachtmessern oder umgürtet mit mörderischen Sprengsätzen. Viele Jahre lang habe ich sie um ihr unbeschwertes Leben beneidet. Noch vor zwanzig Jahren konnte man auch in der Schweiz sorglos leben und langsam kehrt auch hier wieder dieser wunderbare Duft der Freiheit zurück. In der Scharia-Stadt Basel hingegen lebt man heute wie in Afghanistan vor zwanzig Jahren. Noch schlimmer sind die Zustände in Genf. Für Männer ist Barttragen Pflicht, Frauen dürfen sich in der Öffentlichkeit nur mit einem Ganzkörperschleier zeigen und dürfen keinen Beruf ausüben. Mädchen dürfen nicht zur Schule gehen. Musik ist verboten, auch Kinder dürfen nicht singen, sogar lautes Lachen ist dort untersagt. Seit fünf Jahren sind Basel und Genf vollständig mit Laser eingemauert und von der übrigen Schweiz abgeschnitten. Die wenigen in der übrigen Schweiz verbliebenen Mohammedaner werden streng überwacht. Beim geringsten Verdacht auf schweizerfeindliche Gesinnung werden sie vor ein Militärgericht gestellt. Noch vor acht Jahren verging in der Schweiz keine Woche, ohne dass Mohammedaner Molotowcocktails in Bars und Restaurants mit Alkoholausschank warfen, Kirchen in die Luft sprengten, islamkritische Politiker, Schriftsteller, Filmregisseure auf offener Strasse niederstachen oder mit einer Axt erschlugen. Und nichtmohammedanische Männer, die sich in eine Mohammedanerin verliebt hatten, mussten jederzeit damit rechnen, mit Benzin übergossen und angezündet zu werden. Man konnte in keinem Kino, in keinem Zug, in keinem Bus sitzen ohne Angst vor einem islamischen Selbstmordattentäter. Diese Terroranschläge haben fast schlagartig aufgehört, seit es in der Schweiz kaum mehr Mohammedaner ausserhalb der ummauerten Städte Basel und Genf gibt und ich kann nun wieder auch ohne männlichen Begleiter meine Wohnung verlassen, ohne ständig befürchten zu müssen, aufs Übelste belästigt und bedroht zu werden. Fast überall in der Schweiz kann ich wieder so frei leben, wie es noch vor zwanzig Jahren selbstverständlich war. Ich seufze tief. Wieso haben die Politiker und Richter nicht schon vor Jahren den Koran gelesen, warum haben sie den salbungsvollen Worten der Imame und der islamischen Rechtsgelehrten geglaubt? Warum wollten sie nicht zur Kenntnis nehmen, dass Mohammed ausdrücklich die Irreführung der »Ungläubigen« erlaubte? Warum haben sie sich nicht mit der Scharia, der islamischen Rechtsprechung, auseinandergesetzt? Warum haben sie sich keine Videos einer Steinigung angesehen? Warum haben sie sich die schon vor fünfzehn Jahren vorhandenen Dokumentarfilme über die Folgen der Islamisierung nicht angeschaut, wie zum Beispiel nichtmuslimische Kinder geplagt werden in Schulen mit einem hohem Anteil an muslimischen Schülern? Warum haben sie Umfragen unter muslimischen Einwanderern nicht erst genommen, warum haben sie nicht zur Kenntnis nehmen wollen, wie viele Muslime unseren Lebensstil verachten, wie viele Muslime den Einsatz von Gewalt zur Durchsetzung des Islams als absolut legitim ansehen? Hätten sie dann die Masseneinwanderung von Mohammedanern auch einfach so hingenommen? Ich werde es nie verstehen können.

Meine vietnamesische Grossmutter war die Einzige in meiner ganzen Familie gewesen, die der zunehmenden Islamisierung skeptisch gegenüberstand. Als ich sechs war, wurden in der Schweiz die ersten »ungläubigen« Mädchen durch mohammedanische Jugendbanden vergewaltigt. Die Jugendlichen zeigten selbst vor dem Richter keinerlei Reue über ihre Tat. Meine Grossmutter war im Krieg aufgewachsen. »So verhalten sich Soldaten im Krieg, so verhalten sich Eroberer, so verhalten sich Feinde«, sagte sie immer wieder. Und sie insistierte, dass ich eine christliche Privatschule besuchte und nicht, wie all meine Freundinnen aus der Nachbarschaft, die öffentlichen, islamfreundlichen Schulen. In meiner Schule wurden morgens, mittags und abends christliche Gebete gesprochen, die christlichen Feiertage wurden festlich gefeiert und am gemeinsamen Mittagstisch gab es immer wieder Schweinefleisch. Da es keinen einzigen Mohammedaner unter meinen Mitschülern gab, wurden mir die grauenhaften Erlebnisse erspart, von denen meine Freundinnen aus den öffentlichen Schulen erzählten. Ich werde meiner vietnamesischen Grossmutter, die mir diese christliche Privatschule ermöglichte, bis zu meinem letzten Atemzug dankbar sein.

Aus meinem Geschirrschrank hole ich mir eine schlichte, kleine Porzellantasse und ein dickwandiges Glas, in das ich einen Eiswürfel lege und kaltes Leitungswasser eingiesse. Die Olympia Espressomaschine hatte Julietta noch während ihrer Schulzeit auf einem Flohmarkt gefunden und noch immer tröpfelt aus dieser Maschine der köstlichste Espresso, den ich je in meinem Leben getrunken habe. Geschmack von dunkler Schokolade, Urwaldhölzern, Moosfeuer, Kubebenpfeffer. Ich setze mir die TV-Brille über den Kopf und surfe durch die asiatischen Börsen. Dann stelle ich den Nachrichtensender ein. Eine Reportage aus Grossbritannien zeigt den nun schon Jahre dauernden Bürgerkrieg. Immer noch wird um jede Strasse, um jedes Haus gekämpft. Mohammedaner

wollen möglichst grosse Quartiere in ihre Macht bringen, Nichtmohammedaner kämpfen ebenso verbittert um ihre Quartiere.
Man sieht die üblichen Horden von schlecht ernährten, traditionell islamisch gekleideten Jugendlichen, die alles zerstören, was
auch nur im Entferntesten an die für sie so verhasste westliche
Kultur erinnert. Mit dem Schlachtruf »Allahu akkbar, Allah ist
grösser« versuchen sie immer wieder in die islamfreien Stadtteile
zu stürmen, ausgerüstet mit Messern, Steinen und einfachen
Schusswaffen. Ihnen gegenüber stehen sehr ruhige, junge Männer mit grossen goldigen Kreuzen vor der Brust, schick gekleidet
in modernsten Kampftextilien, die für Messerstiche und Kugeln
undurchdringbar sind, über Kopf und Gesicht eine Kappe aus dem
gleichen kugel- und stichsicheren Material, in ihren Händen Laser-
kanonen. Sie werden unterstützt von rüstigen achtzig-, neunzig-,
hundertjährigen Männern und Frauen, von denen manche noch
den Zweiten Weltkrieg miterlebt haben. Ihre Beobachtungsposten
auf den Dächern und Balkonen sind komfortabel eingerichtet und
zu jeder Tag- und Nachtzeit besetzt. Viele sitzen warm eingewickelt
in einem Rollstuhl, im Schoss die modernsten Präzisionswaffen,
neben sich leckere Sandwichs und eine Thermosflasche voll köst-
lichem Tee. Der Hass und die Verzweiflung der Mohammedaner
sind grenzenlos. Palästina, Irak, Iran, Afghanistan, Pakistan sind
beinahe vollständig zerstört worden und die meisten anderen islamischen Länder sind dermassen übervölkert, dass dort Elend
und bitterste Hungersnot herrschen. Seit die Imame dieser völlig
verarmten islamischen Staaten uns »Ungläubigen« den »heiligen
Krieg« erklärt haben, hilft diesen Ländern kein nichtislamisches
Land mehr. Die früher so überaus mächtigen internationalen
Organisationen erhalten seit Jahren kein Geld mehr und können
auch nicht mehr helfen und die ehemals so märchenhaft reichen
islamischen Staaten haben wegen dem krassen Absturz des Erd-
ölpreises massenhaft eigene Probleme. Entsetzliche Armut, Hun-
ger und in der übrigen Welt längst ausgerottete Seuchen – Pest,

Cholera, Tuberkulose – überziehen viele islamische Länder, und überall gibt es brutalste Gewalt. Ein unangenehmes Gefühl steigt in mir auf und schnürt mir die Kehle zu.

Meine vietnamesische Grossmutter väterlicherseits wuchs auch im Krieg auf. Als sie acht war, wurde ihre ganze Familie bei einem Napalmangriff verbrannt. Meine Grossmutter überlebte nur, weil sie mit anderen Kindern etwas ausserhalb des Dorfes gespielt hatte. Sie konnte mit schwersten Verbrennungen fliehen und fand erste Hilfe in einem Flüchtlingscamp. Zur Behandlung wurde sie in die Schweiz geflogen aber es brauchte viele Operationen, bis sie sich im Spiegel wieder erkennen konnte. Da meine Grossmutter im Spital sehr liebevoll betreut worden war und sie keine Verwandten mehr in Vietnam hatte, bat sie, hier bleiben zu dürfen. Rasch fand sich ein nettes, älteres Ehepaar aus Basel, das dieses aufgeweckte, hübsche Mädchen adoptieren wollte. Meine Grossmutter besuchte darauf die damals noch ausgezeichneten öffentlichen Schulen und liess sich danach als Krankenschwester ausbilden. Kurz nach ihrem Lehrabschluss heiratete sie einen Mathematikstudenten, den sie im Kirchenchor kennengelernt hatte. Er war und blieb ein Sonderling, der sich meistens hinter seinen Büchern verschanzte. Meine Grossmutter liebte ihn aber sehr und erzählte mir immer wieder von den vielen Preisen, die er mit seinen überaus komplizierten Mathematikstudien erzielt hatte. Damit konnte er aber seine Familie nicht ernähren, und da meine Grossmutter als Krankenschwester nur ein karges Einkommen hatte, übernahm sie kurz entschlossen das zum Verkauf stehende Reinigungsinstitut ganz in ihrer Nähe. Dank ihrem Fleiss und ihrer Disziplin brachte sie es innerhalb weniger Jahre zu einem kleinen Vermögen. »Nichtstun kann ich immer noch zur Genüge, wenn ich tot bin.« Sie redete nicht viel, und über ihre Kindheit redete sie besonders ungern. Dafür trällerte und summte sie oft einfach vor sich hin und jeden Sonntag sang sie zusammen mit ihrem Mann in einem Kirchenchor. Vor acht Jahren sprengte sich in ihrer Kirche ein mohammedanischer Selbstmordattentäter in die Luft. Meine Grosseltern wurden dabei so zerfetzt, dass sie nicht mehr identifiziert werden konnten. Ich war untröstlich und heulte Tag und Nacht. Meine Eltern kleideten sich eine Weile in Schwarz. Nach einem halben Jahr kaufte sich mein Vater aus dem Erbe einen roten Ferrari, sein Traumauto seit seiner Kindheit, und meine Mutter liess sich vom besten Schönheitschirurgen sämtliche Falten aus dem Gesicht entfernen, das Fett an Bauch und Oberschenkel absaugen und die Brüste vergrössern. Kurz darauf starb mein Vater bei einem selbstverursachten Autounfall und sein schöner Ferrari war nur noch Schrott. Da mein Vater abends stets Haschisch geraucht hatte, fand man in seinem Blut Abbauprodukte von Cannabis und die Versicherungen mussten nichts bezahlen. Meine Mutter erlitt einen Nervenzusammenbruch. Sie schrie nächtelang, zerriss ihre Kleider, schlug immer wieder ihre faltenlose Stirn an der Wand blutig und rannte wie eine Irre durch das Haus. Ich tröstete sie, so gut ich konnte, organisierte Arzttermine, begleitete sie zum Psychiater, besorgte die Einkäufe, kochte, putzte und erledigte selbstverständlich alle Formalitäten im Zusammenhang mit dem Tod meines Vaters. Ich war viel zu beschäftigt, als dass ich noch Zeit für Trauer hätte haben können.

Aber ich will mir diesen schönen Tag nicht durch üble Gedanken ruinieren und stelle einen Unterhaltungssender aus den USA ein. Bronx, tiefste Nacht, pechschwarze Strassen, am Himmel nur ein dünner Streifen Mond. Für eine Weile bin ich im weiten, wilden Amerika, wo man auch in einem ärmellosen T-Shirt und in kurzen, knappen Hosen herumlaufen kann, ohne an der erstbesten Strassenkreuzung von einem sexuell frustrierten Mohammedaner vergewaltigt zu werden.

Mickey, der TV-Mann mit den grasgrünen Augen und den schwarzen, langen Haaren, ergreift meine Hand und führt mich zu einem düsteren Schuppen. Die Luft vibriert von dumpf fauchender Musik. Drinnen ist es fast so dunkel wie draussen, aber das Dunkel hier ist samtweich wie die Pfote eines Chinchillas. An der Wand sitzen einige hübsch zurechtgemachte, stark geschminkte Männer am Boden, alle in weiten, zweifarbigen Kreuzritterhosen, um den Hals neckische Spitzen, und sonst nichts. Pralinen für eine Nacht. In der Mitte des Raumes tanzen junge Frauen aus der Spätschicht, Polizistinnen, Assistenzärztinnen, Ballerinas. Eine junge schwarze Frau mit dem Gebiss einer Löwin steht auf einer kleinen Bühne und brüllt sich die Seele aus dem Leib. Ein Raubtier, das jedem das Gesicht zerkratzt, der es wagt, ihr im Wege zu stehen. Ihre Stimme klingt nach wildem Sex und Summa-cum-laude-Universitätsabschluss. »Sei die Beste, gib das Beste, nimm das Beste, und abends tanze ...« Dann wird die Sendung unterbrochen. Ein hoher Militärsprecher in Uniform meldet sich, berichtet in knappen Worten. Eben seien in New York elf Dirty Bombs explodiert. Der gesamte Finanzdistrikt, mehrere internationale Flughäfen, einige der berühmtesten Hotels, die teuersten Flanierstrassen, die schönsten Parkanlagen seien vollständig verstrahlt. Ganze Quartiere müssten abgerissen oder in mühsamster Kleinarbeit dekontaminiert werden. Der wirtschaftliche Schaden sei immens. Alle elf Sprengsätze seien durch islamische Terroristen gelegt worden. Nur ein Terrorist habe von der Polizei gerade noch rechtzeitig entdeckt werden können, bevor er seine Bombe zünden konnte. Er sei 28, Scheinkonvertit, Untergrundmohammedaner, Urenkel von pakistanischen Einwanderern, mit dürftigem Schulabschluss, ohne weiterführende Ausbildung, lebe von Gelegenheitsjobs, wie auch schon seine Eltern, wie auch schon seine Grosseltern. Ich kann es kaum glauben. Mohammedaner in Amerika? Wie ist denn das möglich? Der Islam ist doch schon vor vielen Jahren in den USA verboten worden, nachdem islamische Terrorattentäter immer wieder unschuldige Amerikaner gekillt hatten. Alle Mohammedaner mussten die USA verlassen. Wie in der Einschaltsendung weiter zu erfahren ist, trat die gesamte Familie des Attentäters zum Christentum über und durfte deshalb bleiben. Der verhinderte Attentäter blieb jedoch insgeheim dem Islam verpflichtet und mit Hilfe von Mohammedanern aus Basel baute er in New York eine neue islamische Terrororganisation auf. Dieser Mann wird nun von den besten Spezialisten und mit Hilfe der modernsten chemischen und physikalischen Manipulationstechniken befragt und er wird kein Geheimnis für sich behalten können, so sehr er sich auch bemühen wird. Ich sehe ihn bei seiner Verhaftung, sein Gesicht voller triumphierender Verachtung und höre seine hasserfüllten Verfluchungen gegen alle »Ungläubigen«. Bevor er wegtransportiert wird, wendet er sich nochmals zur Kamera und schreit: »Allahu akbar, Allah ist grösser, Allah wird euch besiegen, Allah wird euch vernichten, ins Höllenfeuer mit euch, ihr Christenschweine, ihr elenden Hunde.« Dann werden seine Familienangehörigen gezeigt, die alle in den nächsten Tagen nach Pakistan in ihre ursprüngliche Heimat zurückgeschickt werden, in ein Land, in dem bitterste Armut herrscht. Viele islamische Länder hatten vor sechs Jahren zum heiligen Krieg gegen islamkritische Länder aufgerufen und über eine Million bestens ausgebildete Selbstmordattentäter, getarnt als Asylanten, überfluteten die Länder der »Ungläubigen«. In den folgenden Monaten fanden fast täglich Terrorattentate statt, bei denen über zehn Millionen »Ungläubige« starben. Schliesslich schlossen sich einige islamkritische Länder zusammen und warfen innerhalb von wenigen Wochen so viele Bomben über diesen islamischen Ländern ab, bis dort nichts mehr übrig blieb, was auch nur im entferntesten an so etwas wie eine Zivilisation erinnerte. In diesen Ländern gibt es seither keine Spitäler mehr, keine Universitäten, keine Fabriken, keine Elektrizitätswerke, keine Brücken, keine Flugplätze, keine Strassen. Auch sämtliche Moscheen wurden dem Erdboden gleichgemacht. Die Schweiz verhielt sich in diesem Dritten Weltkrieg so neutral wie möglich und auch nach den ersten islamischen Terroranschlägen wurde der Schweizer Bevölkerung von Politikern und Medien eingeschärft, dass der Islam eine grundsätzlich friedliche Religion sei und diese Terrorattacken nicht das Geringste mit dem Islam zu tun hätten. Schuld seien allein soziale Missstände, für die der Westen Mitverantwortung trage. Erst nachdem auch in der Schweiz kaum eine Woche ohne islamischen Terroranschlag verging, wurden Moscheen und andere mohammedanische Versammlungsorte regelmässig überwacht. Es vergingen dann allerdings noch einige weitere Jahre, bis auch in der Schweiz Hassprediger und ihre Fangemeinde vor militärische Schnellgerichte gestellt wurden. Die meisten Angeklagten wurden darauf samt ihren Familien in ihre Heimat oder in die inzwischen islamischen Städte Basel oder Genf transferiert. Nicht wenige Mohammedaner zogen aber auch freiwillig in diese islamisierten Städte. Nach jedem islamischen Terroranschlag wurden Mohammedaner stärker kontrolliert und schikaniert. Wohin man blickte, überall war »Allah ist Satan« hingesprayt, auf den Rücken von verschleierten Frauen wurde die Telefonnummer einer christlichen Untergrundkirche geklebt, welche sich auf Missionierung von Mohammedanern spezialisiert hatte, und auf die islamischen Friedhöfe wurden in der Nacht Blutwürste geworfen. Immer mehr »ungläubige« Schweizer weigerten sich, mit Mohammedanern zusammen zu arbeiten, und immer weniger Betriebe waren bereit, Mohammedaner zu beschäftigen. Nicht jeder Mohammedaner war ein Selbstmordattentäter, aber fast alle Selbstmordattentäter waren Mohammedaner. Und da man Selbstmordattentäter nicht erkennen konnte, misstraute man jedem Mohammedaner und die nichtislamische Bevölkerung ging den Mohammedanern aus dem Weg, wann immer sie konnte. »Ungläubige« Eltern schickten ihre Kinder nicht mehr auf Schulen, in denen auch mohammedanische Schüler unterrichtet wurden, um zu verhindern, dass ihre Kinder durch mohammedanische Mitschüler und ihre Kopftuch tragenden Schwestern mit dem Islam und seinen barbarischen

Gesetzen konfrontiert wurden. Allen war klar, in einer islam-freien Umgebung konnten sich nichtmuslimische Kinder sehr viel besser entwickeln.

Viele Jahre lang spielte der Schulabschluss praktisch keine Rolle für den späteren Lebensstandard. Jeder bildungsfeindliche und arbeitsscheue Schulabgänger erhielt in der Schweiz vom Sozialamt so viel Geld, dass er ein mindestens so komfortables Leben führen konnte wie nach einer anspruchsvollen Berufslehre. Nach dem Jahre 2012 wurden die Sozialhilfeleistungen jedoch kontinuierlich reduziert und eine gute Schulbildung wurde immer wichtiger. Die Schweiz wurde durch die enormen Kosten der Islamisierung wirtschaftlich schwer geschädigt und konnte die äusserst gross-zügigen Sozialwerke nicht mehr finanzieren. Aber erst nachdem sich die Antiislamische Schweiz unter dem Namen AIS formiert hatte und diese jede islamische Terroraktion mit einer zehnmal so starken Gegenreaktion beantwortete, wurde von Politikern und Richtern dem Schutz der Schweizer Bevölkerung alleroberste Pri-orität eingeräumt. Über lange Zeit sah die Schweiz der moham-medanischen Massenimmigration tatenlos zu, obwohl man schon lange wusste, dass Mohammedaner auch in der Schweiz weit über-durchschnittlich viele Gewaltverbrechen begingen. Doch stets sprachen Politiker nur von der Notwendigkeit, Mohammedaner noch besser zu integrieren. Sie wollten einfach nicht wahrhaben, dass viele dieser Leute unsere Kultur zutiefst verachteten und sich überhaupt nicht in unsere Gesellschaft integrieren wollten. Und so zogen Mohammedaner in grossen Scharen als Asylanten oder als Familiennachwuchs in die Schweiz. Ohne auch nur einen Tag arbeiten zu müssen, bekamen sie von uns »Ungläubigen« sofort einen Lebensstandard finanziert, den sie sich in ihrem Herkunfts-land niemals hätten leisten können, und bei einem negativen Asyl-bescheid half ihnen eine ganze Armada aus schweizerfeindlichen Juristen ein Bleiberecht in der Schweiz zu erzwingen. Das grosse

Umdenken der nichtmohammedanischen Schweizer Bevölkerung begann erst 2012. Immer mehr reiche und hochqualifizierte »Ungläubige« verliessen aus Angst vor islamischen Terroranschlägen die Schweiz, während die islamische Bevölkerung durch Zuwanderung und hohe Geburtenrate exponentiell zunahm.

Ich schalte um auf den Sender der armenischen Kirche.

Das armenische Kirchenradio sendet beruhigende, polyphonische Gesänge aus dem vierten Jahrhundert, aufgenommen in einem halbzerstörten armenischen Kloster am Vansee, auf dem Gebiet der heutigen Türkei. Viele Schweizer Christen sind in den letzten Jahren aus den Landeskirchen ausgetreten und haben sich einer orientalischen Kirche angeschlossen. Diese haben durch jahrhundertelang erduldete Christenverfolgung in ihren islamisierten Herkunftsländern eine realistischere Sicht vom Islam. Die ehemals grossen, christlichen Landeskirchen der Schweiz schwärmten hingegen auch nach mehreren islamischen Terroranschlägen von der Friedfertigkeit des Islams und beschimpften jeden Islamkritiker als gottlosen Rassisten. Während die Landeskirchen immer kleiner, ärmer und unbedeutender wurden, fanden immer mehr Leute in den faszinierend andersartigen maronitischen, syrisch-aramäischen, koptischen und armenischen Kirchen eine neue spirituelle Heimat. Es war in der Schweiz regelrecht chic geworden, Mitglied einer orientalischen Kirche zu sein.

Ich nehme einen halben Liter Joghurt aus Geissmilch aus dem Kühlschrank und die Schale voller kleiner Erdbeeren, die ich gestern am späten Nachmittag in meinem Garten gepflückt habe, streue zwei Löffel Flockenmischung über die Erdbeeren, rühre den Joghurt darunter und fertig ist das Birchermüsli. Die Hälfte davon stelle ich für Lady Veruschka zur Seite, die zu dieser Zeit sicher noch tief schläft. Dann setze ich mich an meinen Marmortisch beim grossen Küchenfenster und während ich langsam mein Birchermüsli löffle, schaue ich gedankenverloren hinauf zu den kleinen, wie hingehauchten Morgenwölkchen am blaumeisenblauen Himmel. Schliesslich taucht mein Löffel in ein komplett leeres Schüsselchen. Mit einem Ruck stehe ich auf und gehe unter die Dusche. Dann ziehe ich meine schon gestern Abend bereit gelegten Kleider an und schlüpfe in meine Sneakers mit den Kristallen in der Schuhsohle, die bei jedem meiner Schritte Energie speichern. Auf das Frühstückstablett aus schwarzem Ebenholz stelle ich eine kleine, dickwandige Tasse mit heissem, doppeltem Espresso, dazu ein Glas frisch gepressten Orangensaft und das Schälchen Birchermüsli und gehe damit ein Stockwerk hinunter in Lady Veruschkas Wohnung. Es ist erst sieben Uhr und zu dieser Zeit schläft meine Lady meistens noch, bewacht von ihren zwei gelb-schwarz gestreiften Tigern auf jeder Seite ihres Himmelbettes. Tibetteppich-Tiger. Es riecht nach Moschus und nach Steppenstaub. Ich stelle das Tablett auf das langbeinige Beistelltischchen und öffne die grossen Vorhänge aus schwerem goldenem Brokat und verlasse die Wohnung auf Zehenspitzen so geräuschlos wie nur möglich. Lady Veruschka war schon immer ein kunterbunt schillernder Nachtvogel. Aber so früh am Morgen ist sie völlig stumm, ohne jeglichen Glanz. Und schlafende Wildtiere soll man nicht wecken.

Mit einem verbeulten Milchkesseli in der Hand gehe ich in meinen verwilderten Garten. Die beiden langhaarigen Geisslein Schnüü und Schnöö, die mir letztes Jahr meine Gotte aus Gstaad geschenkt hat, warten schon fröhlich meckernd beim Gartentor auf mich. Es sind Walliser Schwarzhalsgeissen, Kopf und Hals pechschwarz, bis zur Schwanzspitze schneeweiss. Obwohl die Tiere gefürchig lange Hörner haben, sind sie gutmütig und anhänglich, aber auch stolz und intelligent. Ihre Augen liegen versteckt unter den langen schwarzen Haaren. So sind sie geschützt vor dem grellen Licht hoch oben in den Alpen. Doch wenn man ihre Haare zurückstreift, schaut man in sanfte, klare Augen von warmem Bernsteingold. Das lange Fell ist wunderbar weich dank einigen Vikunja-Genen, die man der Erbsubstanz zugefügt hatte. Beide Geisslein tragen ein kleines silbern klingendes Glöcklein um den Hals. Sobald ich im Garten bin, schubsen sie mich schalkhaft an. Ich wasche, bürste und melke sie. Und schon hüpfen sie wieder davon. Heute Mittag werde ich mir einen Salat mit frischem Geisskäse machen. Die allerersten knackigen, süssen Tomaten sind unter einem alten grossen Fenster meines halb zerfallenen Gewächshauses schon reif geworden. Ich werde die Tomaten in eine Porzellanschüssel legen, ganz frischen, im Innern noch flüssigen Geisskäse dazu geben, darüber vietnamesische Basilikumblätter von meinem Balkongarten und mildes Olivenöl aus dem Tessin sowie eine Prise Fleur de Sel, und dann alles sorgfältig mischen. Mit einem dicken Stück dunklem, knusprigem Holzofenbrot zusammen wird das eine göttliche Mahlzeit sein. Schneller als ich denken kann, bin ich wieder in meiner Wohnung zurück, stelle die Geissenmilch in den Kühlschrank und schon sause ich erneut die Treppe hinunter und bin wieder aus dem Haus.

Ich setze mich in mein Solarmobil mit dem hellblauen Dach aus Sonnenkollektoren. Es ist schon über zehn Jahre alt und schafft nicht mehr als achtzig Kilometer pro Stunde. Aber es funktioniert immer noch einwandfrei und bringt mich auch im Winter und bei Dunkelheit sicher an mein Ziel. Das Auto fand ich vor fünf Jahren auf einer abgelegenen Müllhalde direkt ausserhalb der Stadtmauer von Basel. Es war stark zerbeult, aber mein Schuhmacher, der vor der Pensionierung Chirurg war, hat es mit seinen geschickten Händen und seinen alten Operationsinstrumenten wieder richten können. Ich fahre zunächst über breite, vollständig leere Autobahnen in Richtung Basel, zu Professor Bäcker Süssmund. Er ist der einzige Bäcker-Konditor weit und breit. Vor sieben Jahren hat er diese Bäckerei in einem kleinen, nur halb zerstörten Dörfchen, zehn Kilometer ausserhalb von Basel, eröffnet. Damals war die Umgebung fast menschenleer gewesen, die meisten nichtmohammedanischen Leute waren schon seit einigen Jahren aus Basel und der näheren Umgebung weggezogen. Die wenigen, die in der Schweiz blieben, zogen ins schweizerische Mittelland. Seit dem Mauerbau kehrt allmählich wieder Leben in die kleinen Dörfer vor Basel zurück. Studenten im Fernstudium, Künstler, verschrobene Tüftler, aber vor allem Pensionierte jeglichen Alters kaufen die verlotterten und verwahrlosten Häuser zu einem Spottpreis und renovieren sie mit Hilfe der Nachbarn. Jeder hilft jedem. Ein wunderbarer Pioniergeist erfüllt die neubelebten Siedlungen. Wegen der Islamisierung und den immensen Folgekosten kann die Schweiz alten Leuten nur noch eine winzig kleine Rente auszahlen, mit der man in den meisten Gebieten der Schweiz unmöglich überleben kann. Hier vor den Toren von Basel jedoch ist es durchaus möglich, auch fast ohne Geld gut zu leben. Jeder ernährt sich weitgehend vom eigenen Garten, und aus den früheren so akkurat gepflegten Rasen rund um die halb verfallenen Villen sind kunterbunte Wiesen geworden, in denen sich nun Hühner, Gänse, Enten, Chüngel und Wollsäuli tummeln. Die zugezogenen Männer gehen im Herbst zusammen auf die Jagd und die Frauen durchsuchen die verwilderten Wälder nach Beeren und essbaren Pilzen.

Bäcker Süssmund ist mit seinen siebenundsiebzig Jahren schon seit einigen Jahren pensioniert. Als ehemaliger Professor für Zahnmedizin hat er sich aber im Gegensatz zu vielen anderen alten Leuten ein hübsches Vermögen auf die Seite legen können und ist damit unabhängig von Pensionskassen und der staatlichen Altersvorsorge. Er gehört zu den finanziell privilegierten Alten und müsste überhaupt nicht mehr arbeiten. Aber in der Bäckerei hat er eine Leidenschaft entdeckt, ohne die sein Leben unerträglich öde wäre. Nach seiner Pensionierung ist er zunächst viel herumgereist. Zunehmend langweilte er sich jedoch und er sehnte sich nach seiner Heimat, nach der handgefertigten Butter aus frischem Rahm, nach den aussen knusprigen und innen wunderbar weichen Gipfeli, nach dem Holzofenbrot mit der knackigen Rinde, die diskret nach Holz und Harz riecht, nach den buttrigzarten Zöpfen, deren handgekneteter Teig lange, köstliche, süsse Fäden zieht. Professor Süssmund begann sich erst vor sieben Jahren für das Brotbacken zu interessieren, doch schon bald packte ihn die gleiche Leidenschaft, die er früher für die Zahnmedizin verspürt hatte und er lernte bei den bekanntesten Bäckermeistern der Schweiz. So sorgfältig wie er als Student in zahnmedizinischen Vorlesungen alles Wichtige notiert hatte, so führte er nun genauestes Buch über sein neues Fachgebiet. Er kaufte jedes Buch über Brotzubereitung, das er finden konnte, und in den freien Nachmittagsstunden vertiefte er sich in seine Kochbücher genauso, wie er sich früher in seine Medizinbücher vertieft hatte. Was immer er aus seiner Backstube hervorzauberte, war von höchster Qualität. Der Internet-Lebensmittelshop liefert zwar auch täglich frisches Brot, aber dieses Brot ist stets etwas fade und gummig. Das realisierten auch die hergezogenen armen Leute. Für sie war das Brot von Bäcker Süssmund zurückgekehrte Schweizer Qualität, Hoffnung, dass alles wieder so schön und gut werden könnte wie früher.

Alle Kunden waren bei ihm herzlich willkommen, alle, ausser Mohammedaner. Seit seiner Erfahrung mit Mustafa konnte er einfach keine Moslems mehr riechen. Mustafa war ein junger Arzt aus dem Sudan und hatte dank einem Stipendium der Eidgenossenschaft bei ihm eine Dissertation schreiben können. Er war ein sehr gut aussehender, hochgewachsener Mann mit besten Manieren, und so war es nicht erstaunlich, dass sich Professor Süssmunds einzige Tochter Liliane in Mustafa verliebte. Als sie von ihm schwanger wurde, freute sich Professor Süssmund von ganzem Herzen und organisierte ein grosses Hochzeitsfest in einem alten, romantischen Schloss am Vierwaldstättersee. Ein halbes Jahr später brachte Liliane zwei allerliebste Mädchen auf die Welt, Linda und Aisha. Mustafa aber freute sich nicht über die Zwillinge. Er hatte sich einen Sohn gewünscht und wollte deshalb unbedingt, dass Liliane so bald wie möglich wieder schwanger wurde. Liliane hatte vor der Heirat ebenfalls Medizin studiert, und als die Zwillinge zwei Jahre alt waren, wollte Liliane an ihrer Fachanerkennung als Dermatologin weiterarbeiten. Ihr Mann war absolut dagegen, er wollte unbedingt einen Sohn haben, und als sie gegen heftigsten Widerstand ihres Mannes einen dermatologischen Weltkongress in Suchumi besuchte, flog Mustafa mit seinen beiden Töchtern zu Verwandten in den Sudan. Dort liess er beide Mädchen beschneiden. Klitoris und Schamlippen wurden mit einem stumpfen Messer weggeschnitten und die Vagina bis auf ein wenige Millimeter kleines Löchlein für den Urin zugenäht. Als Liliane von ihrer Weiterbildung zurückkam, behauptete ihr Mann, von der sexuellen Verstümmelung nichts gewusst zu haben. Die Mädchen hatten rote, aufgedunsene Gesichter, der Schweiss floss ihnen von der Stirn und beide schrien vor Schmerzen. Liliane rief sofort ihren Vater an und der überwies beide Enkelkinder in das beste Spital der Schweiz. Liliane beantragte sofort die Scheidung, obwohl Mustafa sie massiv unter Druck setzte, damit zu warten, bis er das Schweizer Bürgerrecht erworben habe. Ein neu geschaffenes militärisches Schnellgericht, das für alle ausländischen Bewohner zuständig war, entschied, ihn sofort in seine Heimat auszuweisen. Mustafa gelang es jedoch, dank seinen zahlreichen islamischen Freunden, in Basel unterzutauchen, an einem Ort, wo sich schon damals kein Nichtmohammedaner, der nicht lebensmüde war, hingewagt hätte. Heute lebt Liliane mit ihren beiden Töchtern und ihrem neuen Mann Serge im islamfreien Odessa. Obwohl die Geschichte für Liliane und ihre beiden Töchter doch recht gut ausgegangen ist, hat Professor

Süssmund seinen abgrundtiefen Hass auf alles, was nur im Entferntesten an den Islam erinnert, nicht loswerden können. Viele seiner Kollegen rieten ihm zu Vergebung oder zumindest zu einer Psychotherapie. Aber Professor Süssmund wollte seinen Hass behalten, dieser Hass sei Teil seines Lebens, und damit sich ja kein Moslem in seine Bäckerei verirre, nannte er seine Bäckerei »Zum fidelen Kreuzritter Herbert«, und in jedes Brot und jedes Brötchen schnitt er ein Kreuz. An die Wände seiner Bäckerei hängte er alte Poster von süssen Revue-Tänzerinnen, die nur mit einem Gürtel voller Bananen bekleidet waren, und schwarz tätowierten Südseemännern mit Hintern, die fast so knackig waren wie seine Brote. Die Bilder stammten von seinem verstorbenen Studienkollegen Herbert, der ein renommierter Gynäkologie-Professor und ein begeisterter Segler gewesen war. Seine grösste Leidenschaft war jedoch das Sammeln von Erotika gewesen. Auf seinen vielen Reisen hatte Herbert jeden Marktstand durchstöbert und jede noch so winzigste Buchhandlung nach erotischen Schätzen aller Art durchsucht. Schliesslich hatte er eine museumsreife Sammlung an Erotika zusammengetragen. Vor sieben Jahren starb er bei einem Piratenübergriff vor Somalia, als er ganz alleine mit seiner Jacht unterwegs war. Seine Frau wollte zunächst all den angesammelten Schund, wie sie es nannte, verbrennen. Professor Süssmund konnte sie dann aber mit vielen köstlichen Friandises überreden, die Sammlung ihm zu überlassen. Die schönsten Werke hat er nun in seiner Bäckerei aufgehängt, und während man vorne im Laden an einem kleinen Bistrotisch sitzt und einen knusprig frischen Gipfeli verschlingt, kann man alte, kolorierte Photographien von südländischen, unschuldig süss lächelnden Strandnymphchen bestaunen und dazu Konfitüre löffeln aus sonnengeküssten, butterweichen Aprikosen einer Walliser Bergbäuerin. Auf beiden Seiten des Ladens gibt es zwei kleinere Stübchen. Links wird heisse Schokolade serviert, gewürzt mit Pfeffer aus Malabar, Lampung oder Sarawak. Hier hängen an den Wänden lasziv hingestreckte, nackte Schönheiten aus Südamerika und Afrika, eingerahmt in dunkelgrünes Krokoleder. Die Tischplatten sind aus gelblichem Marmor, rubinroter, schwerer Samt verdunkelt die Fenster. Im anderen Stübli serviert er Tee, schwarzen, grünen, weissen, gelben, blauen. Raritäten aus verborgenen Gärten des Himalaja, aus Dschungelgärten, aus Opiumgärten, aus Kambodscha, Laos, Vietnam. Hier hängen an den Wänden Bilder von ingwerfarbigen, schmetterlingsleichten Asiatinnen und Asiaten in aufreizenden Posen, umrahmt mit Schlangenleder, schwarzviolett, mangogelb, limonengrün. Die Marmorplatten der Bistrotischchen sind karminrot und die Fenster sind nur schwach verdunkelt mit dünner, smaragdgrüner Seide, die sich auch bei dem kleinsten Lufthauch bewegt, als ob sie noch voller Schmetterlingsleben wäre. Hier murmelt die Zeit leise vor sich hin und ich bin so bezaubert, dass ich kaum wahrnehme, wie Professor Süssmund mir die zwei grossen Körbe voller Backwaren für meine Kunden in die Hände drückt und mir dazu, mit einem breiten Lächeln, eine kleine Tüte reicht, gefüllt mit seinen neuesten Naschereien: »Frivolitäten für spezielle Stunden«.

Ich fahre über die gähnend leere, sechsspurige Autobahn Richtung Basel, zu den Gefängnissen und Anstalten für Asoziale und Arbeitsscheue. An der Strasse liegen alte Autos, verbeult, ausgebrannt, durchlöchert. Die meisten Brücken über der Autobahn sind eingestürzt und auf der einzigen noch intakten steht, in verblasster Schülerschrift geschrieben: »Allah ist Satan und Mohammed sein Gehilfe«. Überall verwüstetes Niemandsland. Zerbombte, eingefallene Häuser tauchen wie Irrgestalten auf, überwuchert von unheimlich dunklem Gestrüpp. Die Gefängnisse und Besserungsanstalten waren früher schlichte, funktionelle Hochhäuser gewesen, bewohnt von Buschauffeuren, Pöstlern, Verkäufern. Aber auch diese einfachen Leute wollten nicht mehr so nahe bei einer islamischen Stadt wohnen. Umsonst hatten sie, als in der Schweiz die ersten islamischen Terroranschläge verübt wurden, ummauerte islamische Gebiete gefordert. Dies wurde als rassistisches, übles Gedankengut abgetan. Aber immer mehr in der Schweiz eingebürgerte Mohammedaner wollten ein Leben nach den Regeln des Korans führen, und je mehr Mohammedaner in der Schweiz lebten, desto lauter wurden ihre Forderungen. Die übrige Schweizer Bevölkerung war jedoch nicht bereit, Steinigungen von untreuen Ehefrauen, Aufhängen von unkeuschen Mädchen, Kopfabschlagen von konvertierten Mohammedanern und andere Scheusslichkeiten hinzunehmen. Aber immer mehr Mohammedaner akzeptierten keinerlei Einschränkungen in ihrer Religionsausübung und mit verschiedenen Terroranschlägen wollten sie auch in der Schweiz die Scharia-Gesetze erzwingen. Nachdem auch in der Schweiz keine Woche verging ohne islamisches Attentat, sah auch der islamophilste Nichtmuslim ein, dass es so nicht weitergehen konnte. Schon damals wohnten besonders viele Mohammedaner in Basel und in Genf und die nichtmohammedanische Bevölkerung floh scharenweise aus diesen beiden Städten. Schliesslich wurden Basel und Genf rein mohammedanische Gebiete und das bisherige schweizerische Recht wurde dort diskussionslos ersetzt durch die Gesetze der Scharia. Eine gesamtschweizerische Volksabstimmung erklärte diese beiden Städte dann als weitgehend autonome, islamische Schweizer Städte und sämtliche finanziellen Leistungen an diese beiden Städte wurden eingestellt. Als immer mehr europäische Länder ihre mohammedanische Bevölkerung an ummauerte Orte transferierte, um sich vor islamischen Anschlägen zu schützen, fasste auch die Schweiz den Mut und baute eine Mauer um Basel und Genf.

Ich konzentriere mich wieder auf die immer löchriger werdende Strasse, Überbleibsel der Kämpfe zwischen islamischen Freischärlern und der schweizerischen Armee. Die Sonne scheint nun schon recht warm und der köstliche Duft meiner auf dem

Rücksitz liegenden Backwaren beginnt meine Nase zu kitzeln. Ich summe leise vor mich hin. Frivolitäten. Fantastereien. Der süsse Geschmack der Freiheit.

Meine erste Fahrt geht zu den vier Hochhäusern östlich von Basel, Arbeitslager für arbeitsscheue, asoziale Männer. Jedes der Hochhäuser besteht aus fünfzig Drei-Zimmer-Wohnungen, in jedem Zimmer sind vier Leute untergebracht, jeder hat eine Schlafstelle in einem zweistöckigen Kajütenbett. In der Umgebung der Bauten riesige, ganz übel stinkende Abfallhalden und etwas weiter entfernt die Verbrennungsöfen. Die Männer hier in den Hochhäusern erhalten kein Geld und können von frischen Backwaren nur träumen. Das Brot zu ihren dicken Suppen ist alt, hart, fad oder angekohlt, Brot, das niemand will. Meine Backwaren sind für die jungen Leute bestimmt, die hier für Ruhe und Ordnung sorgen müssen. Viele sind Christen aus islamischen Ländern, die in die Schweiz geflüchtet sind, weil sie in ihren Herkunftsländern wegen ihres Glaubens verfolgt worden waren. Fast alle sind in einer Fernuniversität eingeschrieben und nützen jede freie Minute, um zu lernen. Meine Gipfeli und frischen Brote gebe ich an der Pforte ab, direkt neben der kleinen, hübschen Kapelle, gebaut aus den Überbleibseln von zerstörten Basler Kirchen. Betreten darf ich die Anlage nicht. Es ist eine bedrückende Umgebung. Ab und zu hört man Schreie wie von wilden Tieren, aber es sind Menschenstimmen. Manchmal sieht man von weitem jemanden vorbeihuschen, als wäre es ein Gespenst, und ein seltsam süsslicher Geruch von Moder und Urin liegt in der Luft.

Auf dem Rückweg fahre ich auf einem Landsträsschen, auf dem noch vor fünfzehn Jahren Kinder in die Schule radelten. Heute sind auch diese Strassen menschenleer und überall herrscht eine gespenstische Stille, nur ab und zu von kurz aufblitzendem Vogelgezwitscher unterbrochen. Wenn hier Vögel singen, dann schrill und hastig, wie in Panik, als ob sie zu viel Grauen gesehen hätten, und ich muss jedes Mal an die vielen jungen Mädchen denken, die hier gelebt haben und nach einem islamischen Überfall spurlos verschwunden sind. Wurden sie tatsächlich nach Basel und Genf verkauft, als Sklavinnen, wie Jaguar behauptet? Da Mohammed zahlreiche Sklavinnen gehalten hatte, ist Sklavenhaltung nun auch wieder für jeden Mohammedaner erlaubt. Wie ein erstickter Schrei steht am Strassenrand ein ausgebrannter, rubinroter Mercedes mit offener, massiv verbogener, von Asche überzogener Kühlerhaube und daneben ein auf dem Kopf stehender nachtblauer Maserati, aus dem grosse, schwarze Vögel mit dünnen, rötlichen Hälsen fliegen. Die meisten der vielen Landvillen haben weder Dach noch Fenster und auch die wenigen, etwas besser erhaltenen Häuser wirken nackt und krank. Überall fehlen die seit fünf Jahren in der ganzen nichtislamischen Schweiz vorgeschriebenen Solarfolien und Isolationsmauern. Vor fünf Jahren hatten die islamischen Staaten einen Ölboykott gegen sämtliche islamkritischen Länder ausgerufen. Die ganze Bevölkerung der Schweiz wurde darauf zu einer Generalmobilisierung aufgerufen. Rentner, Schüler, Studenten, Gefängnisinsassen, Invalide, alle halfen dabei mit. Hauswände wurden im Sausetempo isoliert, Solarzellen wurden in Rekordzeit auf jedes Dach, auf jede besonnte Fläche installiert und Spezialequippen bauten Erdwärmepumpen und Holzpelletheizungen ein. Sämtliche Toiletten wurden zur Energiegewinnung umgebaut, keine auch noch so geringe Energiequelle verblieb ungenützt. Über Nacht standen Windräder in allen Gärten. Sämtliche Benzinautos wurden durch Solar- oder Elektroautos ersetzt. Es war eine grossartige Aufbruchstimmung und innerhalb von nur einem Jahr wurden wir komplett unabhängig vom islamischen Erdöl. Ich war damals noch Schülerin und unter Anleitung eines achtzigjährigen Ingenieurs zogen wir von Einfamilienhaus zu Einfamilienhaus und befestigten Solarfolien. Jeden Samstag und während sämtlichen Schulferien, ein ganzes Jahr lang. Jeder in der Gruppe hatte eine ganz klar definierte Aufgabe und während der Arbeit sangen wir alten Heimatlieder. Die Häuser, an denen ich jetzt vorbeifahre, sind jedoch nicht renoviert worden, diese Häuser wurden aufgegeben. Ich habe schon Dachse, Füchse, Luchse durch die zerbrochenen Fensterscheiben springen sehen, und einmal sah ich eine dicke Wildsau mit zwölf niedlichen Kleinen ganz friedlich und geordnet durch eine eingeschlagene Haustüre marschieren. Uhus, Fledermäuse und seltene Singvögel, die ich in der Kindheit nur im zoologischen Garten sah, nisten nun in den über haushohen Rosenstöcken und die ehemals so herausgeputzten kleinen Gärten sind überwuchert von Brombeersträuchern und wunderschönen hellblauen und rosaroten Lianen, die bei der Dämmerung jeweils unglaublich verführerisch vor sich hin duften. Morgens und abends sind hier schon lange keine Kirchenglocken mehr zu hören, nur das Gesumme der Grillen und ab und zu das Schreien der Basler Muezzine. Nach etwa zehn Kilometer Fahrt tauchen die vier Hochhäuser für teilzeitarbeitende Sozialhilfeempfänger auf. Auch bei diesen Häusern ist der Fassadenverputz am Abbröckeln. Die meisten Fenster haben Vorhänge und auf den Balkons sieht man ab und zu ein leuchtendrotes Geraniumpflänzchen. Diese Häuser sind in wesentlich besserem Zustand als die Häuser für Arbeitsscheue und Asoziale, aber es riecht schon von der Strasse her nach Abfallsäcken und vor dem Haus gibt es nur robuste Anpflanzungen ohne Duft und ohne Charme. Auf den grosszügigen Balkonen baumeln an Wäscheleinen löchrige Unterhosen, ausgeleierte Büstenhalter und abgewetzte, verfärbte Pyjamas. Die meisten der hier wohnenden Sozialhilfeempfänger haben sich nach der Geburt des ersten Kindes freiwillig sterilisieren lassen, um ihren bescheidenen Lebensstandard nicht durch zusätzliche Kinder noch mehr reduzieren zu müssen. Nur in den beiden islamischen Städten Basel und Genf leben auch heute Familien mit acht, zehn, zwölf Kindern, allerdings meistens in tiefster Armut. Vor sechs

Jahren stoppte die Schweiz sämtliche finanziellen Leistungen an ihre islamisierten Städte, worauf diese zunächst durch die damals reichen, ölproduzierenden islamischen Staaten unterstützt wurden. Als die westlichen Länder ihren Erdölbedarf jedoch drastisch reduzieren konnten, brach der Ölpreis massiv ein. Die Bevölkerung der ölproduzierenden islamischen Länder war aber in den letzten zwanzig Jahren explosiv angestiegen, so dass die immer spärlicher fliessenden Ölgelder für ihre eigene Bevölkerung eingesetzt werden mussten. Ohne finanzielle Unterstützung fielen die islamisierten Gebiete von Europa innerhalb weniger Jahre ins tiefste Mittelalter zurück. Die muslimische Stadt Basel schloss in den letzten Jahren sämtliche Museen und verkaufte alle Bilder und anderen Wertgegenstände, um ihre Bevölkerung ernähren zu können. Und da der letzte Winter aussergewöhnlich kalt war, wurden sämtliche Bäume gefällt und verfeuert. Sogar die über dreihundert Jahre alten Bäume des botanischen Gartens mussten sterben. Die finanzielle Situation in Basel ist weiterhin so prekär, dass vor kurzem die mittelalterlichen Basler Brunnen an einen reichen Heimweh-Basler verkauft worden sind. Nun schmücken sie den Park seiner Alpvilla. Wie Basel und seine Bewohner allerdings die nächsten Jahre überleben würden, ist völlig unklar. In den meisten islamischen Staaten Afrikas und Asiens ist die Situation noch viel hoffnungsloser. Millionen von Mohammedanern leben heute dort wie zu Mohammeds Zeiten und kaum jemand wird in diesen Ländern älter als dreissig. Die meisten Mädchen werden schon vor ihrem zehnten Lebensjahr verheiratet und sind den Launen ihres Mannes vollständig ausgeliefert. Viele Frauen müssen ein vollkommen rechtloses Leben führen, als Leibeigene, als lebenslänglich eingesperrte Sklavinnen.

All diese düsteren Gedanken jagen mir durch den Kopf, während ich auf einer löchrigen Strasse zurückfahre, an unbehausten, halb zerfallenen Villensiedlungen vorbei und für den Bruchteil einer

Sekunde stelle ich mir vor, wie es hier aussehen würde, wenn es keine islamische Immigration gegeben hätte. Es hätte ja genug friedliche und leistungswillige Einwanderer aus armen nicht-islamischen Ländern gegeben. Doch mir ist klar, dass all diese Grübeleien nichts bringen, und so versuche ich mich wieder voll auf die Strasse zu konzentrieren. Aber etwas ist anders als sonst, immer wieder fliegen grosse, dumpf brummende Armeeflugzeuge im Tiefflug über mich hinweg. Wahrscheinlich eine geheime militärische Übung, aber irgendetwas ist mir daran unheimlich. Ich bin schliesslich froh, als ich in das nächste Dorf einbiege. Dies war früher eine grosse, wohlhabende Siedlung gewesen, stolz auf seine vielen reichen und angesehenen Bürger. Fast zehntausend Leute hatten hier gewohnt. Aber nach mehreren brutalen Raub-überfällen durch mohammedanische Banden haben auch hier fast alle Einwohner ihre Häuser verlassen. Seit dem Mauerbau um Basel beginnen nun immer mehr Schweizer zurückzukehren und heute ist bereits wieder jedes hundertste Haus bewohnt. Schon von weitem sind die kunterbunten Drachen zu sehen, die hoch oben in der Luft lustig vor sich hin flattern und jedes Haus mit billiger Energie versorgen. Reich ist auch hier kaum jemand, trotzdem leisten sich die Leute ab und zu einen kleinen Luxus. Überall begegne ich fröhlichen Gesichtern und ich bin fasziniert, wie schnell es diesen Leuten gelingt, die von dornigem Gestrüpp überwucherten Gärten wieder in kleine Paradiese voller wunder-schöner Blumen zurück zu verwandeln. Oft sehe ich sie schon am frühen Morgen in ihren Gemüse- und Kräutergärten arbeiten. Ich ziehe von Kunde zu Kunde, bis mein Korb fast vollständig leer ist. Es ist nun schon recht warm geworden und ich fahre zurück, mit weit offenen Fenstern, vergnügt vor mich hin singend.

Das Haus, in dem ich wohne, ist ein umgebautes, ehemaliges Herr-schaftshaus aus den Anfängen des vorletzten Jahrhunderts. Vor sieben Jahren wurde es im Rahmen der Energiesparmassnahmen mit einer isolierenden Hülle umgeben. Pfadfinder installierten auf dem Dach Sonnenkollektoren, Studenten der technischen Hochschule bauten eine Biogasanlage und eine gut gelaunte Equipe aus drei stets etwas angetrunkenen, schon längst pensionierten Handwerkern ersetzte die Ölheizung durch eine Holzschnitzelheizung. Nach der Hausrenovation lud ich all meine Freundinnen zu einem bacchantischen Fest ein und ganz am Schluss, als die Stimmung am ausgelassensten war, verstreuten wir draussen, hüpfend, tanzend und laut singend, über hundert Kilo Samen von Wildpflanzen über das ganze riesengrosse brachliegende Feld. In nur sechs Jahren ist daraus ein betörend duftender Wildgarten entstanden, auf dem sich die seltensten Schmetterlinge tummeln. Hellgelbe und himmelblaue Wicken haben die Steinmäuerchen überdeckt und die Gewächshäuser sind überzogen von weissen, kleinblühenden Glyzinien, die sich in überirdischer Grazie schon beim kleinsten Hauch eines Lüftchens tänzelnd hin und her wiegen. Vom Frühling bis in den Hochsommer verströmt das zartlila Geissblatt seinen lieblich süssen Duft und im Winter blüht der weisse und der rosarote Schneeball gleichzeitig mit dem intensiv gelben und orangeroten Zaubernussbaum und ich staune immer wieder, wie dann mein schneebedeckter Garten ganz intensiv nach Marzipan, Mandarinenbäumchen, Myrrhe duftet.

Das Haus, in dem ich wohne, ist nur zweistöckig und jedes Stockwerk hat zwei grosszügige Wohnungen. Oben unter dem Estrich wohnen ich und Alice, in der Parterrewohnung darunter wohnt Frau Wohlgemuth und neben ihr der fast siebzigjährige, schwule Herr Zwyssig, dem ich wie jeden Morgen frische Gipfeli bringe. Kaum klopfe ich an seine Türe, öffnet er schon seine Wohnungstüre, eingewickelt in einen prächtig bestickten antiken Morgenmantel aus dicker, flamingopinkiger Seide. Seine dürren, schneeweissen Beinchen, zwei kleine, zarte Birkenstämmchen, stecken in bequemen, lindengrünen Samtpantoffeln. Er ist bereits sorgfältig frisiert und ein Parfum umhüllt ihn wie der Duft einer uralten, dunklen Apotheke. Ich rieche feuchtes Dschungelholz, Schmetterlingscoccons, frisch aufgebrühten Grüntee, getrocknete Schlangenhäute, Ceylonzimt. Herr Zwyssig ist sein ganzes Leben Schuhmacher gewesen. Letztes Jahr hatte er seine Schuhmacherei an Doktor Füssli verkauft, einen pensionierten orthopädischen Chirurgen, der nun die kaputten Schuhe mit der gleichen Hingabe repariert, mit der er früher kaputte Knochen geflickt hatte. Die ehemals düstere Schuhmacherei wurde gründlich renoviert, Wände und Decken wurden weiss gestrichen, die kleinen Fenster bis zum Boden vergrössert und modernste Lichtanlagen installiert. Sämtliche Räume sind bis in die hintersten Winkel durchflutet von gleissendem Tropen-Licht, es duftet nach Limonen und überall herrscht klinische Sauberkeit. Nichts Unnötiges steht herum, alles ist in diskreten Wandschränken versorgt, wie in einer perfekt organisierten Klinik. Arbeitstisch und Lampen stammen aus dem ehemaligen Operationssaal von Doktor Füssli und auch einige chirurgische Instrumente, die er als nützlich für seinen neuen Beruf ansah, hat er von seinem früheren Arbeitsplatz mitgenommen. Bei seiner Arbeit trägt er seinen früheren Chirurgenschurz und den grünlichen Mundschutz und auf den bequemen weissen Ledersesseln, die er aus seinem Wartezimmer für Privatpatienten mitgenommen hat, sitzen nun seine neuen Klienten und sehen ihm bei den Reparaturarbeiten zu. An den Wänden hängen Photographien von verschiedensten nackten Füssen: runzlige Mammutfüsse neben elfenhaft zarten Liliputanerfüsschen, braungebrannte, muskulöse Füsse neben grünlichen, violetten, bläulichen Diabetikerfüssen, goldig schimmernde Luxusfüsse neben den ungewaschenen, mit Schwielen übersäten Füssen eines Vagabunden. Traurige, geknickte Füsse stehen neben jubilierenden Füssen einer spitzentanzenden Ballerina und neben den fröhlichen Patschfüsschen eines Säuglings stehen die knorrigen Füsse eines alten Bergbauern. Doktor Füssli fertigt Schuhe für alle an und seine massgefertigten Schuhe sind so bequem und schön, dass sich immer mehr vermögende Leute aus dem Hochgebirge zu ihm chauffieren lassen. Es gibt keine Fussprobleme, die dem Doktor fremd sind, und da es kaum mehr Ärzte um Basel herum gibt, sind seine Ratschläge sehr gefragt. Mit dem Geld, das Herr Zwyssig für seinen Laden erhalten hat, wird dieser nächsten Monat nach Thailand auswandern und in eine grosszügige Alterssiedlung für Schwule ziehen. In der Schweiz würde sein Geld nur wenige Jahre reichen und fast alle Schwule haben in den letzten Jahren das Land verlassen. Und wovon sollte er in der Schweiz leben, wenn er Hilfe benötigte? Sich in ein staatliches Altersheim oder gar Pflegeheim einweisen lassen, wo er von gleichgültigen Hilfsschwestern geputzt würde, wo er seine Pornoheftli stets verstecken müsste und keine heissen Nächte mehr mit knackigen Strichjungen verbringen könnte? Niemals! Die mit der Islamisierung von Basel verbundene Schliessung aller Schwulenlokale war für ihn schon schlimm gewesen. Man konnte sich in keinem Park und in keiner öffentlichen Toilette mehr treffen, ohne befürchten zu müssen, von einem fanatischen Mohammedaner entdeckt zu werden. Auch Herr Zwyssig wurde bei seinen Treffen mit Gleichgeschlechtlichen regelmässig von Moslems beschimpft und angespuckt. Schliesslich verurteilte ihn ein islamisches Gericht, und nachdem er auf dem Marktplatz von Basel inmitten einer grölenden Menge die für Homosexualität übliche Anzahl von hundert Peitschenhieben erhalten hatte, liess er sich nicht mehr in dieser Stadt blicken. Vielen seiner politisch aktiven Kollegen erging es noch viel schlimmer, sie wurden für viele Jahre in ein dunkles Verliess gesteckt, und falls sie sich nicht freikaufen konnten, auf dem Marktplatz mit dem Strang hingerichtet. Wie viel besser hatten es doch die Pädophilen. Da Mohammed Aischa geheiratet hatte, als sie erst sieben Jahre als war, und die Ehe mit ihr vollzog, als sie neun war, konnte man im islamischen Basel problemlos ein ebenso junges Mädchen heiraten. Für Homosexuelle ist der Islam jedoch eine tödliche Gefahr. Herr Zwyssig verlässt die Schweiz ohne irgendein Bedauern.

Alice, die neben mir wohnt, hiess früher Aileen und stammt aus einer mohammedanischen Familie. Vor zehn Jahren war sie auf der Strasse Michael begegnet und war vom ersten Augenblick an unsterblich in ihn verliebt und Michael erwiderte ihre Gefühle, obwohl er katholisch war und damit für Aileens Familie ein Ungläubiger. Wenn Aileens Familie von dieser Liebesbeziehung erfahren würde, wäre das für beide ein sicheres Todesurteil. Das war den frisch Verliebten sonnenklar. Und so erzählten sie niemandem von ihrem Glück und ihren geheimen Treffen. Aileen hatte sich selbst vom Turnunterricht dispensiert und dazu die Unterschrift ihres Vaters gefälscht. Anstatt zu turnen, traf sie Michael in seinem Mansardenzimmer, im Hause seiner Eltern, die in einem wohlhabenden Vorort von Basel wohnten. Michael hatte für seine Schule ein Zeugnis geschrieben, dass er sich regelmässig in psychiatrische Behandlung begeben müsse, und darunter die Unterschrift seiner Mutter gesetzt. Aber Aileens ältester Bruder Achmed misstraute seiner plötzlich so fröhlichen Schwester und spionierte ihr nach. Als er Michael mit Aileen Hand in Hand lachend ihr Liebesnest verlassen sah, zückte er sein Sackmesser und stach so lange auf Michael ein, bis dieser regungslos am Boden lag. Dann richtete Achmed sein Messer auf Aileen, die wie gelähmt daneben stand. Aber in dem Moment fuhr ein Patrouillenpolizist durch die Strasse und tötete Achmed mit einem gezielten Kopfschuss. Aileen liess sich wie ein verstörtes Kälbchen abführen und wurde in ein abgelegenes Zisterzienserkloster zu einer Tante von Michael gebracht. Dort herrschte ewiges Schweigen und in dieser Stille fand Aileen ihre innere Ruhe wieder. Ihre Familie beschloss jedoch umgehend, Aileen zu töten, um die Familienehre wiederherzustellen. Der Grossvater von Aileen war vor vierzig Jahren aus einem armseligen Dorf in Anatolien ausgewandert. In der

Schweiz führten bereits einige ferne Verwandte von ihm dank Sozialhilfe ein überaus sorgloses Leben und so stellte auch er in der Schweiz ein Asylgesuch. Da die Asylgesetzgebung in der Schweiz inzwischen aber etwas verschärft worden war, wurde sein offensichtlich unbegründetes Asylgesuch abgewiesen. Auf Anraten von juristisch versierten Landsleuten heiratete er kurz vor seiner Ausweisung eine psychisch kranke, zwanzig Jahre ältere Schweizerin. So konnte er trotz abgewiesenem Asylgesuch in der Schweiz bleiben. Er zog sogleich in die kleine Wohnung seiner Frau und liess es sich wie ein Pascha wohlergehen. Nach vier Jahren Ehe wurde er ohne grössere Formalitäten eingebürgert. Nur wenige Monate später liess er sich von seiner Frau scheiden und heiratete eine sechzehnjährige Cousine aus der Türkei. Wie ihr Mann konnte auch sie weder schreiben noch lesen und hatte nicht die geringste Chance auf eine Beschäftigung in der Schweiz. Beide lebten vollständig von der Sozialhilfe, was ihnen ein Leben in so grossem Luxus ermöglichte, wie sie es sich in ihrem Heimatdorf nie hätten erträumen können. Ohne irgendwelche Leistungen erbringen zu müssen, erhielten sie eine geräumige, helle, und auch im tiefsten Winter angenehm warme Wohnung mit einem grossen, frisch renovierten Badezimmer und Blick ins Grüne. Die heissen Sommertage verbrachten sie im kleinen schattigen Garten hinter dem Haus. Jedes Essen war ein Festessen, wie man es sich in der Heimat nur selten gönnen konnte. Kleider und Schuhe bekam man fast gratis vom Roten Kreuz, der Heilsarmee und vielen anderen Organisationen. Sogar Ferien wurden vom Sozialamt und von diversen Stiftungen bezahlt. Löchrige oder faule Zähne wurden kostenlos von einem privaten Zahnarzt geflickt, und wenn man krank war, erhielt man ganz selbstverständlich die bestmögliche ärztliche Behandlung. Die Rechnung bezahlte wiederum das Sozialamt. Auch auf ein Kulturgeld hatte man Anspruch und natürlich auch auf ein Sackgeld, das es dem Mann ermöglichte, den ganzen Tag in den Cafés seiner Landsleute zu sitzen, zu plaudern und über die dummen ungläubigen Schweizer zu lachen, die sich für ihn den ganzen Tag abrackerten. Seine Frau schenkte ihm jedes Jahr ein Kind, und als diese erwachsen waren, verheiratete er sie mit Leuten aus der früheren Heimat. Durch die Einwanderung der Familienclans dieser Eingeheirateten sowie durch die grosse Gebärfreudigkeit war diese Grossfamilie innerhalb von nur dreissig Jahren auf mehrere hundert Leute angewachsen und praktisch alle lebten ganz selbstverständlich von der Sozialhilfe.

Nach Aileens Flucht bestimmte der Clan zehn männliche Jugendliche zwischen zwölf und vierzehn und setzte sie auf Aileens Fährte an. Wem es gelänge Aileen zu töten, würde als Held in die Familiengeschichte eingehen und könnte sich seine Ehefrau unter den schönsten der Schönen auswählen. Da diese jungen Männer minderjährig waren, galten sie in der schweizerischen Rechtsprechung grundsätzlich als schutzbedürftig, wie grauenhaft auch immer ihr Verbrechen war. Falls sie erwischt würden, müssten sie höchstens mit einer kurzen Freiheitsstrafe in einer speziell für Jugendliche konzipierten Anstalt rechnen. Das war dann so etwas wie ein längeres Pfadilager, und da dort vor allem mohammedanische Jugendliche eingesperrt waren, konnte man interessante Freundschaften schliessen und spannende Netzwerke aufbauen. Jedes Gefängnis und jede Anstalt wurde durch einen vom Staat bezahlten Imam betreut, der gratis Arabisch unterrichtete, und man hatte alle Zeit der Welt, sich in den Koran und die dazu gehörigen Schriften zu vertiefen. Wer Lust auf eine Lehre hatte, der konnte diese in der Jugendanstalt kostenlos absolvieren, und wem das dazu nötige Grundwissen fehlte, erhielt intensiven Nachhilfeunterricht. Erst als Basel vor fünf Jahren ummauert wurde und der gesamte, an verschiedenen Orten der Schweiz lebende Familienclan von Aileen nach Basel transferiert wurde, konnte Aileen ihr Klosterversteck verlassen. Aber auch jetzt, wo die nichtislamischen Gebiete der Schweiz weitgehend sicher sind, verlässt sie ihre Wohnung kaum. Jeden Morgen klopfe ich an ihre Türe und bringe ihr frische Gipfeli und Brötchen. Die anderen Lebensmittel lässt sie sich per Post schicken. Beim Verlassen des Klosters erhielt Aileen eine komplett neue Identität und aus Aileen wurde Alice. Ihre ehemals hüftlangen, lockigen, pechschwarzen Haare schnitt sie ab und färbte sie blond. Nur ihre schwarz glühenden Mandelaugen erinnern an die frühere Aileen. Alice ist ihr Aussehen allerdings vollständig egal, ihr einziges Interesse gilt ihrem Medizinstudium an der Internetuniversität. Seit vier Jahren sitzt sie bis tief in die Nacht hinter ihren Büchern, schreibt Berichte, liest Forschungsergebnisse, diskutiert in Internetforen mit Medizinstudenten und Ärzten aus aller Welt. Nach dem medizinischen Staatsexamen möchte sie sich in Gerichtsmedizin spezialisieren. Schon jetzt verbringt sie sämtliche Semesterferien in Leichenhallen. Tote, die eines unnatürlichen Todes starben, sind jetzt ihre grosse Leidenschaft, und nur in der Gegenwart von Leichen fühlt sie sich vollkommen glücklich. Ich bin sicher, dass sie eine begnadete Gerichtsmedizinerin sein wird, immer vorausgesetzt, dass sie nicht doch noch von einem bisher unbekannten Familienmitglied entdeckt und umgebracht wird.

Lady Veruschka sitzt aufrecht und stolz inmitten ihrer grossen, spitzenumrandeten Kissen in ihrem Himmelbett aus orange geädertem Jatobaholz und hört sich Opernarien ihres Lieblingsbaritons Franco Corelli an, der unter so schlimmen Angst- und Panikattacken gelitten hatte, dass er stets von seinen Freunden auf die Bühne geschoben werden musste. Seine Verzweiflungsschreie dringen durch Mark und Bein. Das ist nicht meine Morgenmusik, aber Lady Veruschka sitzt bereits gut gelaunt und nach grünen Orangen duftend da. Ich begleite sie in ihr Badezimmer mit der ausgeklügelten Duschkabine, eine Spezialanfertigung mit unterschiedlich starken Düsen, die kombiniert sind mit Lichtspielen und allerlei Naturgeräuschen: Platzregen, Schauerregen,

Nieselregen, Sommerregen, Wasserfall, Sturm und Donner, das Gequake eines Frosches, das Gezirpe von Zikaden, das Gepiepse von kleinen Vögelchen. Auf den schlichten Stuhl aus Teakholz lege ich frische Frottétücher und einen langen flauschigen Bademantel, alles ganz in zartestem Morgenwölkchenrot. Ich helfe Lady Veruschka aus dem langen hellblauen Seidennachthemd und seife sie mit ihrem Lieblingsduschgel ein. Ein frühsommerliches Feld voller hellvioletter Iris tut sich auf. Die verschiedenen Armaturen bedient Lady Veruschka selber, und während sie unter ihrer Dusche sitzt, umgeben von dem Gemurmel eines Bergbächleins und tänzelnden Schönwetterwölkchen, öffne ich die Fenster, immer noch begleitet von der panisch vibrierenden Stimme des Opernsängers, und lasse die frische, milde Frühlingsluft hereinströmen. Eine ganz Weile bleibe ich an der Balkontüre stehen und schaue ohne zu denken einfach hinaus. Flimmern, Zeitriss, Raumriss. Schliesslich gehe ich wieder ins Zimmer, lüfte das Bett mit den hauchdünnen, blumenbestickten Leintüchern. Das Frühstückstischchen auf der Veranda überziehe ich mit einer weissen Brokatdecke, lege eine passende Serviette, Silberbesteck und das Frühstücksgeschirr aus weissem, hauchdünnem Porzellan darauf. Lady Veruschka hat inzwischen die Dusche abgestellt. Ich gehe zu ihr, trockne sie mit den bereitgelegten Tüchern ab und massiere eine nach saftigen Mirabellen duftende Körpercrème in ihre Haut ein. Dann helfe ich ihr in den Frottémantel und begleite sie zum Frühstückstisch auf der Veranda. Sie braucht nun bis zum Mittagessen keine Hilfe mehr. Tagsüber trägt sie meistens ein weites, schlicht geschnittenes Kleid aus schillernder Prinzessinnen-Seide, in das sie alleine hineinschlüpfen kann.

Nachdem ich meine Gipfeli, Brötli und Brote an meine Kunden verteilt habe, mache ich mir einen zweiten Espresso und packe die Zusatztüte aus, die mir der Bäcker heute Morgen zugeschoben hat. Madeleines, von betörendem Duft und weich wie feinste

Daunenkissen. Professor Süssmunds Süsswaren sind wie Reisen in unbekannte, ferne Regionen, zu den seltensten Gewürzen und Kräutern und manchmal frage ich mich, ob er wohl nicht auch kleinste Mengen an verbotenen, psychoaktiven Zutaten unter die Teigmasse mischt – eine kleine Brise Hanf, eine Messerspitze Opium, einen Hauch Belladonna, Fliegenpilze, Kaktusblüten? Es steckt ein seltsamer Zauber in all seinen Kreationen. Ich setze mich auf meinen hinteren Balkon, der sich zur Wildnis hin öffnet und nun von der Morgensonne beschienen wird. Dann greife ich zur ersten Madeleine. Ich schliesse die Augen, esse langsam und andächtig und schlürfe dazu in kleinsten Schlückchen pechschwarzen Espresso. Eine süsse Ekstase schleicht sich heran, im Nacken der Atem eines wilden Tieres. Ich sitze auf meinem bequemen Rattanstuhl mit dem langhaarigen, weissen Schaffell drauf, eingetaucht in die Wärme der Morgensonne, umhüllt von Gartendüften und Vogelgezwitscher. Im Nu sind von den Madeleines nur noch Krümelchen übrig, die ich an die schon aufgeregt herumflatternden Rotbrüstlein verfüttere. Schliesslich strecke ich mich und fühle mich bis zu den Fingerspitzen voller Energie und ich habe Lust, einfach draufloszugaloppieren. Im Nu fliege ich die Treppe hinunter, renne in meinem Garten, in meine Gewächshäuser, begiesse die zarten Pflänzchen, zupfe Unkraut aus meinen Salatbeeten – die Zeit rast in einem irren Tempo davon und schon ist Mittagszeit und ich renne wieder zurück, laut singend.

In einer grossen Pfanne koche ich Salzwasser und lege dann zwei Portionen Spaghetti hinein. In einer kleineren Pfanne wärme ich ein wenig Olivenöl, schneide eine grosse, längliche, violette Schalotte in dünne Streifen und lasse diese im Olivenöl leicht glasig werden. Dann gebe ich zwei Suppenlöffel selbstgemachtes Tomatenkonzentrat dazu, giesse etwas Wasser hinein und lasse alles sanft einkochen. Schliesslich rühre ich einen Suppenlöffel voller dickflüssiger Crème hinein, riesle eine Brise Fleur de Sel darüber und würze die nun fast fertige Tomatensauce mit Tellycherry-Pfeffer und raffle ein schönes Häufchen Alpkäse in einen Teller. Dann bereite ich mir meinen Salat aus frischem Geisskäse zu und schiebe in den Mikrowellenofen die Reste des Wildschweinbratens, den mir gestern Jaguar mitgebracht hat. Eine weisse Porzellanschüssel fülle ich mit einer grossen Portion dampfender Spaghetti, übergiesse sie mit Tomatensauce und riesle den geraffelten Alpkäse darüber. In eine zweite Schüssel lege ich den Salat. Dann bringe ich das Mittagessen auf einem Tablar aus Akazienholz hinunter zu Lady Veruschka, die schon am festlich gedeckten Tisch sitzt und ohne mich zu beachten auf ihrem Laptop herumhämmert, neben dem Computer ein Glas Champagner. Sie sieht bezaubernd aus. Platinblonde Löckchen, hellrosarote Wangen, hellgrüne Augenlider, sorgfältig geschminkte, lila Lippen. Wem schreibt sie wohl? Einer neuen Liebe? Aber da ich spüre, dass ich nur störe, wünsche ich ihr einfach nur einen guten Appetit und gehe wieder in meine Wohnung hinauf. Auf meinem hinteren Balkon decke ich mir den Tisch und geniesse Spaghetti und nach Rosmarin duftenden Wildschweinbraten mit einem Glas fast schwarzem Wein aus einem fast zweitausend Meter hoch gelegenen Rebberg im Kanton Wallis: staubtrockene, steinige Erde, dürre Kräuter, wilde Beeren. So einfach und so gut. Ich esse, trinke und sitze dann eine ganze Weile vor dem leeren Teller, bis ein einziger, langer, silberner Klang die Mittagstille durchbricht – es ist ein Uhr. Die Glocke des Klosters Mariastein. Ich sehe den äthiopischen Mönch vor mir in seiner groben, erdfarbenen Kutte. Der einzige, der vor sieben Jahren den nächtlichen Überfall auf sein Kloster überlebt hat. Die Mönche hatten mehreren zum Christentum konvertierten Mohammedanern Schutz gewährt und deshalb mussten sie sterben. Wer sich vom islamischen Glauben abwendet, unterschreibt sein eigenes Todesurteil, wer ihm dabei hilft, ebenfalls. Der äthiopische Mönch hatte die Nacht in der unterirdischen, nur durch einen Geheimeingang erreichbaren Gnadenkapelle verbracht, tief versunken in ein Gebet. Als er in der Morgendämmerung nach oben ging, stand die Wallfahrtskirche in Flammen und der Klostergarten war übersät von hingemetzelten Mönchen. Die Täter waren aber schon längst nach Basel geflüchtet und diese islamische Stadt lieferte keinen Glaubensbruder an »Ungläubige« aus. Nach dem Totengottesdienst und dem anschliessenden Begräbnis zog es den Mönch zurück in die Gnadenkapelle, zur wundertätigen Mutter Gottes mit dem goldenen Flammenkranz um ihr Gesicht, jede Flamme so gross und so stark wie ein goldenes Samuraischwert. Seither lebt er dort und ernährt sich von dem, was vor seiner Grotte wächst, und von den Gaben der Pilger. Jeden Sonntag bringe ich ihm Früchte und Gemüse aus meinem Garten und einen Laib Brot mit einem lieben Gruss vom Bäcker Süssmund und er zeichnet ein Kreuz auf meine Stirne und bittet die sanftmütige Gottesmutter mit dem Kranz voller Schwerter, auch mich in der Stunde der Not zu beschützen.

Es ist Siesta-Zeit, keine Zeit für trübe Gedanken und so schlendere ich in mein Schlafzimmer. Die Fenster lasse ich offen und durch die bodenlangen Vorhänge aus gelber, kambodschanischer Rohseide trällert mir ein Vogel wie in einer unendlichen Trance zu. Ich ziehe meine Schuhe aus und lege mich auf mein knarrendes Opiumbett. Alles ist durchdrungen von einer tiefen, klebrigen Pfirsich-Süsse. Ein kleines Lüftchen bewegt den Vorhang sanft hin und her, weit weg beginnen Grillen zu zirpen und ich fliege fort, hoch hinauf zu den wattebauschigen Schönwetterwölkchen am kristallklaren Himmel, zu den kreisenden Schwalben, zu ihrem gellenden Schrei. Dann stürze ich in eine pechrabenschwarze Finsternis.

Als ich nach einer Weile meine Augen wieder öffne, umhüllt mich der Schlummer immer noch wie ein taufeuchter Seidenschleier. Doch ein ganzer Nachmittag steht fröhlich lachend vor mir, winkt mir aufmunternd zu. Langsam, wie ein verschlafenes Zirkuspferdchen, ziehe ich meine Schuhe wieder an, kämme die Haare aus dem Gesicht und streiche mir mit einem Eiswürfel langsam über mein Gesicht. Dann schlurfe ich in die Küche, lege vier Teelöffel voll flaumigen Tee in einen alten Teekrug und giesse einen halben Liter sechzig Grad warmen Wassers darüber. Vom übriggebliebenen Sonntagszopf schneide ich eine dicke, schneeweisse Scheibe ab, bestreiche sie mit gelber Alpbutter und selbstgemachter Erdbeerkonfitüre und trage alles auf einem Silbertablett auf den hinteren Balkon, der über meinem wilden Garten schwebt.

Noch vor acht Jahren wäre ich zu dieser Zeit in Basel gewesen, hätte in der Universitätsbibliothek dies und das nachgelesen, mir Notizen gemacht, hätte in der Cafeteria mit Studenten geplaudert, gestritten, geflirtet und am späten Nachmittag, wenn mein Kopf schwer geworden wäre mit all dem neuen Wissen, hätte ich die vielen Brockenstuben von Basel nach verborgenen Kostbarkeiten durchstöbert, in einem Strassencafé eine Kugel Pistazien-Glacé gelöffelt oder wäre ins mittelalterliche Münster gegangen und hätte in aller Ruhe nachgedacht. Das ist alles vorbei. In der Universitätsbibliothek ist nun der schönere, hellere Teil für männliche Studenten reserviert, Studentinnen dürfen sich nur in einem kleinen Raum aufhalten, dessen Fenster zugemauert wurden. Auch in der Cafeteria müssen Frauen und Männer in getrennten Räumen sitzen. Alle nicht mit dem Islam konformen Bücher und Zeitschriften wurden aus der Bibliothek entfernt, und da die Stadt Basel kaum mehr Steuerzahler hat, ist auch kein Geld mehr vorhanden, um neue Bücher anzuschaffen. Aus dem Münster wurde eine Moschee, andere Kirchen wurden Koranschulen. Alles, was auch nur im Entferntesten an das Christentum erinnerte, wurde entfernt. Es gibt in ganz Basel keine Kreuze mehr, keine Christusbilder, keine Madonnenstatuen, keine Taufbecken, keine farbigen Kirchenfenster, keine Orgel. Die Kirchenglocken wurden entfernt und eingeschmolzen. Nun steigen fünfmal am Tag Imame auf die früheren Kirchtürme und beschallen ganz Basel mit ihren lautsprecherverstärkten Rufen. Schon bevor Basel islamisch geworden war, hatte die linke Regierung der Stadt ein Islaminstitut an der Universität eröffnet, um dort mit der europäischen Kultur vertraute Imame auszubilden. Man nahm selbstverständlich an, dass dort liberale, friedliebende Imame ausgebildet würden. Diese jungen, in der Schweiz aufgewachsenen Mohammedaner waren zwar sehr wohl vertraut mit unserer Art zu leben, aber ihr Wissen benutzten sie, um unsere Zivilisation, die sie zutiefst verachteten, radikal zu bekämpfen. Die meisten waren überzeugt, dass unsere christlich-jüdische Kultur von teuflischer Dekadenz sei und nicht vergleichbar mit ihrer reinen, islamischen Lehre. Dieses Überlegenheitsgefühl uns gegenüber war für das Selbstwertgefühl der meisten Mohammedaner dringend nötig. Überall dort, wo sie sich niedergelassen hatten, entstanden innerhalb weniger Jahre Slums. Viele Mohammedaner verharrten in der sozial tiefsten Schicht, ganz im Gegensatz zu Einwanderern aus anderen Kulturen. Nach den ersten islamischen Terroranschlägen vor zehn Jahren stellte in der Schweiz kein »Ungläubiger« mehr einen Mohammedaner an, auch nicht für einfachste Arbeiten. In den offiziellen Schulen von Basel gab es schon damals fast nur noch mohammedanische Kinder und die Lehrer hatten sich den islamischen Sitten anzupassen. Alles, was im Widerspruch stand zu den Lehren des Korans, wurde aus dem Lehrplan gestrichen, das kritiklose Auswendiglernen des Korans hatte absolute Priorität. Schon vor zehn Jahren konnte in Basel keine Frau ohne Kopftuch mehr unbehelligt auf die Strasse gehen. Aber obwohl ich in Basel mein Haar stets unter einem alten Seidenfoulard versteckte, wurde ich vor sechs Jahren eines Abends am Hinterkopf von einem Kieselstein getroffen. Vielleicht fand der Angreifer meine Jeans inakzeptabel, vielleicht war mein Gang zu unbeschwert gewesen, vielleicht fand er, dass sich eine Frau ohne männlichen Begleiter nicht mehr alleine auf den Strassen von Basel aufhalten dürfe. Vielleicht wollte er mir einfach signalisieren, dass ich in dieser Stadt, in der ich geboren wurde, nichts mehr zu suchen hätte. Diese Stadt gehört nun dem Islam. Seither vermeide ich jeden Gang nach Basel.

Heute Nachmittag möchte ich über meine Dissertation nachdenken: Kosten-Nutzen-Analyse der Islamisierung der Schweiz von 2000–2020. Was soll ich mit diesem Thema anfangen, auf welche Bücher könnte ich zurückgreifen, welche Informationen müsste ich mir noch beschaffen, wer würde mir bei meiner Arbeit helfen können. Aber so sehr ich nachdenke, die Lustlosigkeit bleibt. Die Kosten der Islamisierung waren immens, das ist klar, aber der Nutzen, wo sollte ich nach einem Nutzen suchen? Waren die Döner- und Khebab-Buden ein Nutzen? Es fällt mir beim besten Willen nichts ein. Schliesslich gehe ich in meine Bibliothek mit Büchergestellen aus dunklem Eichenholz. Die meisten meiner Bücher gehörten schon längst verstorbenen Leuten. Bücher waren für sie ein wichtiges Lebenselixier.

Da steht die gesamte Sammlung von Gedichtbänden eines einfachen Druckers. Seine Frau war eine Feministin gewesen, die sich besonders für die Rechte der mohammedanischen Mädchen eingesetzt hatte. Ein Mohammedaner erdolchte sie vor sieben Jahren auf offener Strasse. Der Drucker versuchte sich zunächst mit seinen Büchern zu trösten. Als der Täter dann aber von einem Richter in Basel freigesprochen wurde, da die Getötete eine Feindin des Islams gewesen sei, stürzte für den alten Mann eine ganze Welt ein. Seit seiner Jugend war er ein engagierter Verfechter der multikulturellen Gesellschaft gewesen, hatte abgewiesene Asylbewerber bei sich untergebracht, hatte sich für den Bau von Moscheen eingesetzt. Und nun musste er erkennen, dass er umsonst gelebt hatte. Alles, wofür er sein Leben lang gekämpft hatte, die Traktate, Artikel, Leserbriefe, an denen er nächtelang geschrieben hatte, die vielen Demonstrationen, die er organisiert hatte, die politischen Versammlungen, die er geleitet hatte, das alles war völlig sinnlos gewesen. Alles, was ihm in seinem Leben wirklich wichtig gewesen war – Respekt, Freiheit, Toleranz, Mitmenschlichkeit, Kultur, Grosszügigkeit –, war in den letzten Jahren genau durch die Kräfte, die er unterstützt hatte, zerstört worden. Toleranz gab es für die jetzigen Bewohner höchstens noch für ihresgleichen und in den Gesichtern auf der Strasse begegnete ihm nun blanker Hass. Fröhlichkeit fand er noch manchmal bei den zerlumpten Kindern, die auf den leeren Strassen spielten, und bei den Hühnern, die überall wild herumgackerten. Basel, die früher so wunderschöne, saubere Stadt mit den vielen schmucken Arbeiterhäuschen, den prächtigen Villenquartieren, den stolzen Bürgerhäusern, war innerhalb weniger Jahre ein riesiger Slum geworden. Es sah nun überall so aus, wie es vor Jahren schon in den islamischen Vorstädten von Paris ausgesehen hatte, im mohammedanischen Teil von Zypern, in den mohammedanischen Quartieren im Libanon, in Gaza. Überall Berge von Dreck, verpisste Hauseingänge, Hassparolen an den Mauern. Selbst historische Gebäude, einzigartige Kulturgüter waren verschmiert, überall klebten Flugblätter in türkischer, albanischer, arabischer Sprache, alles war verlottert, zerbrochene Fensterscheiben, Scherben am Boden. Sogar die kleinen, früher so bezaubernd herausgeputzten Vorgärtchen der alten Stadtvillen sahen trostlos aus wie das Gebiss eines alten Clochards. Niemand pflegte mehr die kunstvoll angelegten Gärten und über der nun völlig ausgetrockneten Erde, die wie ein schlimmes Geschwür aussah, lag Abfall, vermischt mit Fäkalien, weggeworfenes Papier in verblichenen Farben, leere Flaschen, Scherben, zerknautschte Aluminiumdosen. Auch die Strassen waren verwahrlost, der Asphalt überzogen von Rissen und Löchern und entlang den Trottoirs flossen kleine Bächlein von übelriechenden, gräulich schimmernden Wässerchen, auf denen kleine violettgrünbläuliche Fettaugen schwammen. Der Drucker wurde immer trübsinniger und in einer ganz besonders dunklen Stunde erhängte er sich inmitten seiner Bücher. Sein ganzer Besitz wurde in einem fast leeren Saal versteigert. Niemand interessierte sich für seine Bücher und so konnte ich seine gesamte Gedichtsammlung für ein Butterbrot erwerben. In stillen Abendstunden habe ich viele dieser Gedichte auswendig gelernt und sie verführen mich immer wieder völlig unverhofft wie Leuchtkäferchen zu flimmernden Träumereien. Doch da erblicke ich ein schmales Bändchen, in kostbares, blutrotes Leder gebunden: »Die lästerlichen Gedichte der Asma Bint Marwan vom Stamme der ʾAus«. Die Dichterin hatte zur Zeit von Mohammed gelebt, und da sie sich auch über ihn lustig gemacht hatte, liess Mohammed sie von Umayr ibn Adi, einem besonders eifrigen Muslim, ermorden. Es war nachts, Umayr schlich sich in das Haus der Dichterin, sie hatte noch ihr kleinstes Kind an der Brust, er riss es ihr weg und erstach sie. Vor ihr hatte Mohammed den Geschichtenerzähler al-Nader hinrichten lassen, weil er sich durch ihn verspottet gefühlt hatte, und nach ihr liess er den über hundert Jahre alten Dichter Abu Afak vom Clan der Khazradj, der sich ihm gegenüber kritisch geäussert hatte, ermorden. Mich schaudert, und obwohl ich vielleicht die Gedichte von Asma bint Marwan für meine Arbeit gebrauchen könnte, bringe ich es nicht über mich, dieses Büchlein, eine einzigartige bibliophile Kostbarkeit, zu berühren.

Ich gehe schnell weiter, zu meinen grossen Prachtbänden, die mir zwar bei meiner Dissertation sicher auch nicht helfen können. Trotzdem bleibe ich wie hypnotisiert stehen und ich sehe mich wieder auf meinem Elektrovelo, wie ich vor sieben Jahren, kurz vor dem Mauerbau, an einem bitterkalten Wintermorgen nach Basel radelte und in den Heuberg, ein schmales, mittelalterliches Strässchen einbog. Es war noch sehr früh und die Strassen waren menschenleer. Ein eisiger Wind peitschte in mein Gesicht, als ich abrupt stoppen musste. Direkt vor mir, auf dem Kopfsteinpflaster, lag ein Berg voller Bücher, beleuchtet von gespenstisch flackerndem gelbfahlem Licht einer schwachen Strassenlaterne. Viele Bände waren zerrissen und vom herumliegenden Dreck übel verschmutzt worden, aber es gab auch einige, die das Massaker fast unbeschadet überstanden hatten. Ich schaute die Häuser hinauf, kein Licht weit und breit, Totenstille. Ich stopfte so viele Bücher wie nur möglich in meinen Rucksack, in meinen Gepäckkorb, in meine Jackentaschen. Zuletzt steckte ich einen Band über mittelalterliche Teppiche, »Mon seul désir«, vorne unter meinen Gürtel und stopfte die Gesamtausgabe von Montaignes Essais unter meinen Pullover. Dann fuhr ich in rasendem Tempo zurück, deponierte die Bücher auf meinen Küchentisch und fuhr im Wahnsinnstempo wieder nach Basel. Nach einer knappen Stunde erreichte ich die Gasse wieder, schwitzend und schwer keuchend. Es war immer noch dunkel und dicke Schneeflocken wirbelten jetzt herunter. Die wenigen Menschen auf der Strasse liefen schnell und hatten ihre Gesichter in hochgeschlagenen Mantelkragen verborgen und die Frauen waren hinter ihren dicken Burkas noch abweisender als sonst. Aber kein Buch weit und breit, nur ein Häufelchen grauer, hauchdünner Asche.

Auch das Büchergestell mit meinen Kochbüchern zieht mich magisch an. Die meisten Bücher stammen aus der Sammlung von Armand Blau, dem früher besten Koch von Basel. Schon vor zehn Jahren war in Basel der Verkauf und Ausschank von Alkohol verboten worden, einige Jahre später wurde auch der Konsum von Alkohol untersagt. Sogar das blosse Aufbewahren von alkoholischen Getränken wurde mit Peitschenhieben bestraft. Die Strafen wurden in aller Öffentlichkeit vollzogen, inmitten einer begeistert gaffenden und klatschenden Menge. Die Peitschenhiebe waren brutal schmerzhaft und je nach dem Gesundheitszustand des Ausgepeitschten und dem Hass des Auspeitschenden manchmal auch tödlich. Armand Blaus bester Freund war vor sechs Jahren in

Basel beim Weintrinken erwischt worden und wurde von einem islamischen Gericht mit fünfzig Peitschenschlägen gebüsst. Er war schon über siebzig und beim vierzigsten Peitschenhieb platzte seine Hauptschlagader und er starb auf der Stelle, begleitet vom Gejohle der fanatischen Masse. Darauf zog sich Armand Blau in seinen Wein- und Vorratskeller zurück, der sich unterhalb seines Altstadthauses befand und nur durch einen geheimen Eingang zu erreichen war. Auch all seine Schallplatten, CDs, und DVDs nahm er in den Keller mit. Von da an ernährte er sich ausschliesslich von den angesammelten Delikatessen, von Jahrgangssardinen, gelbem Thon, Gänseleber aus dem Elsass, in Olivenöl eingelegten Artischocken, Peperoni, getrockneten Tomaten aus der Lavaerde um den Ätna, dunkler Edelschokolade aus aller Welt und trank dazu Flasche um Flasche seiner riesengrossen Weinsammlung. Über ein Jahr lebte er so, bis er eines Tages in eine bessere Welt hinüberschlummerte, weggetragen von einem Lichtengel, umhüllt vom himmlischen Duft des Chateau d'Yquem. Erst nach vielen Monaten fand ihn sein früherer Kochlehrling Roger, der schon vor zehn Jahren nach Vietnam ausgewandert war. Mehrmals hatte er seinen alten Lehrmeister eingeladen zu ihm zu kommen, mit ihm zu arbeiten. Gute Berufsleute waren in Vietnam sehr gesucht. Nachdem Armand über ein Jahr keinen Brief und keine E-Mails mehr beantwortete hatte und auch telephonisch nicht erreichbar gewesen war, beschlich Roger ein mulmiges Gefühl und in den nächsten Ferien fuhr er nach Basel. Was für ein Schock. Er wusste, dass sich Basel seit der Islamisierung massiv verändert hatte, aber was er hier sah, verschlug ihm die Sprache. Armand Blaus vornehmes Patrizierhaus war verwüstet, alle Fensterscheiben waren eingeschlagen, die mittelalterliche Haustüre aus schwerem, fein geschnitztem Eichenholz stand offen und es stank nach Urin, im Milchkästchen moderten von dicken Fliegen überzogene Fäkalien vor sich hin, im Brieffach lagen schmuddelige Zettel mit übelsten Beschimpfungen. Im Innern des Hauses sah es wie nach einem

Bombenangriff aus. Die kostbaren, schweren Seidenvorhänge waren zerrissen, die Bilder aufgeschlitzt, aus den Designersofas quollen Wolken von Daunen heraus, das reich verzierte Rosenthal-Geschirr war zu Scherben geschlagen, die Versace-Tässchen mit den goldenen Flügelchen lagen zersplittert auf dem Boden, die bunten, mundgeblasenen antiken Gläser waren an die Wand geknallt worden, überall lagen Scherben, als ob Wahnsinnige gewütet hätten. Das bis zur Decke reichende Büchergestell war umgekippt worden, der Boden war bedeckt mit hunderten von Kochbüchern, auf denen die Abdrücke von dreckigen Schuhen zu sehen waren. Viele herausgerissene Seiten lagen zerstreut herum. Die Wände waren überschmiert mit flaschengrünen, arabischen Schriftzeichen: Überbleibsel einer teuflischen Orgie. Aber der Eingang zum Weinkeller, der sich unter einer unscheinbaren Bretterkiste in einer kleinen Abstellkammer mitten im Innenhof befand, blieb auf wunderbare Weise unentdeckt. Dort unten fand Roger seinen ehemaligen Lehrer, auf einem dunkelgrünen, abgewetzten Lederfauteuil, umgeben von leeren Weinflaschen, leeren Schokoladenhüllen, leeren Pralinenschachteln, leeren Einmachgläsern, leeren Konservenbüchsen, leeren Dosen, die immer noch dufteten nach Gänseleber, Entenleber, getrüffelt und aromatisiert mit Cognac oder Armagnac. Armand Blau war durch den intensiven Alkoholkonsum wunderbar konserviert worden und lächelte seelig vor sich hin. Sein Leichnam und die wenigen Sachen, die von seinem Hab und Gut noch halbwegs brauchbar waren, wurden von gepanzerten Armeewagen wegtransportiert. Seine noch lesbaren Kochbücher stehen nun bei mir neben den Ballettbüchern von Lady Veruschka. Der Koch schmiegt sich nun an die Ballerina und ich stelle mir vor, wie der Starkoch in seiner blitzblanken Küche steht, ein exotisches Ingwersüppchen kocht, während die Primaballerina durch die Küche wirbelt, auf rosaroten Spitzenschuhen Pirouetten dreht und im Spagat über die Rüsttische springt.

Ein Bücherregal weiter stehen die Bücher meines Taufpaten Bernhard, der viele Jahre lang in einem öffentlichen Gymnasium von Basel gearbeitet hatte. An seinem 40. Geburtstag verabschiedete er sich von der Schule und zog mit seiner Frau, einer ausgebildeten Apothekerin, seinen beiden Töchtern und einem kleinen Lastwagen voller Bücher auf eine hochgelegene Alp hinten im Emmental. Auf dem Estrich seiner Alphütte richtete er sich ein kleines Studierzimmer ein, wohin er sich nun jeden Nachmittag zurückzieht. Am Morgen arbeitet er im Stall und auf dem Feld, während sich seine Frau um ihren Garten mit den seltenen Gemüsesorten und Heilpflanzen kümmert. Seit 10 Jahren ist mein Pate nun schon ein Bergler und immer noch ist er wie ein Dandy überaus elegant angezogen. Obwohl er all seine Kleider ausschliesslich in den Brockenstuben zu lächerlich kleinen Preisen kauft, sind seine Hosen, Anzüge, Hemden, seine handgenähten Schuhe immer von allerbester Qualität. Schon als Lehrer lebte er sehr bescheiden in einer einfachen Genossenschaftswohnung, die weniger als ein Zehntel seines Gehaltes kostete, und dabei arbeitete er nur an drei Tagen. Die meisten seiner Kollegen arbeiteten schon damals vollzeitlich und leisteten sich dafür sehr viel grössere, luxuriösere Wohnungen. Für diese mussten sie aber bis zu sechsmal so viel Miete bezahlen wie mein Pate. Die Frau meines Göttis blieb seit der Geburt ihres ersten Kindes zu Hause, trotz ihrer guten Ausbildung als Apothekerin. Lieber widmete sie sich der Erziehung ihrer Kinder und bekochte die Familie mit selbstgemachten, köstlichen Gerichten. An schönen Tagen war sie in ihrem grossen Schrebergarten anzutreffen, wo sie oft einfach stundenlang da sass, vor ihrem kleinen, von ihrem Mann selbst gezimmerten Gartenhäuschen, ein Buch las oder sich im Internet nach neuen Informationen über Kräutermedizin umschaute. Zu meinem Geburtstag schenkte mir mein Götti meistens ein besonders schönes Buch, das selbstverständlich aus einer Brockenstube stammte. Meine Eltern hatten sich jeweils sehr geärgert über diese billigen Geschenke. Von einem studierten Lehrer mit Doktortitel und einer Apothekerin als Frau hatten sie grosszügigere Geschenke erwartet. Zuerst war ich auch enttäuscht gewesen, dass ich von meinem Taufpaten nicht das bekam, was ich mir gewünscht hatte. Keine Computerspiele, keine Feenkleider. Aber schon bald erlag ich dem Zauber dieser Bücher und ich nützte jede Gelegenheit, um mich in die Geschichten zu versenken. Nach dem Mittagessen hüpfte ich so schnell es ging in mein Zimmer, legte mich mit einem Buch auf mein zottliges Schafsfell und spazierte dann mit dem kleinen Prinzen von St. Exupéry auf dem Planeten herum, entdeckte Afrika mit seinem Nil, streifte durch Urwälder, jagte Schmetterlinge auf Borneo, galoppierte mit den Indianern durch die Steppen der USA, liess mich an einem schneeweissen Strand im Schatten einer riesengrossen Palme von einem dicken Südseemami in den Schlaf singen. Schon mit vier hatte ich eine kleine Bibliothek aus Büchern beisammen, die mir ans Herz gewachsen waren. Später schenkte mir mein Götti Werke der grossen Klassiker, aber auch Bücher von antiken Philosophen, Bücher von berühmten Wissenschaftlern, von aussergewöhnlichen Entdeckern, Abenteurern, Lebenskünstlern. Schliesslich bekam ich spannende, wissenschaftliche Bücher über physikalische Probleme, mathematische Rätsel, Wirtschaftsfragen. Wie wird eine Gesellschaft reich, wie wird ein Individuum wohlhabend und in meinen Tagträumen war ich Semiramis, die mit ihrem Reichtum und ihren hängenden Gärten die Welt in ein Paradies verwandelte. Geld war auch bei meinen Eltern ein Dauerthema. Kaum war Geld da, verschwand es wieder. Es gab immer mehr neue Kleider, dabei war der Kleiderschrank schon übervoll, immer mehr neue Schuhe, dabei waren die alten noch kaum eingelaufen, immer mehr neue Möbel, dabei waren die alten viel bequemer gewesen.

Meine vietnamesische Grossmutter hingegen sparte konsequent die Hälfte all ihrer Einkünfte und konnte deshalb auch meine Privatschule problemlos bezahlen. »Carpe diem«, hatte sie mir immer wieder eingeschärft. »Nütze den Tag!«

Doch auch unter den vielen Büchern meines Götti finde ich nur wenige, die ich für meine Dissertation brauchen kann, und so gehe ich zum nächsten Gestell mit den Büchern eines ehemaligen Nachbarn und Freundes meines Vaters. Er war ein engagierter, politisch links stehender Jude, der über viele Jahre hinweg jegliche Form der Diskriminierung scharf verurteilte. Ganz besonders fühlte er sich solidarisch mit den angeblich überall unterdrückten Mohammedanern. Trotz seinem islamfreundlichen Einsatz wurde er zunehmend auf der Strasse von Mohammedanern bedroht. Als er schliesslich die Strassenseite wechseln musste, wann immer ihm ein Mohammedaner entgegen kam, begann er sich intensiv mit dem Islam auseinanderzusetzen. Dank seinen politischen Beziehungen hatte er Zugang zu vielen geheimgehaltenen Berichten, Studien und Untersuchungen. So fand er schon vor dreizehn Jahren heraus, dass Mohammedaner in der Schweiz weit überdurchschnittlich gewalttätig waren, dass weit überdurchschnittlich viele Frauen in die Frauenhäuser flüchteten wegen ihren gewalttätigen mohammedanischen Ehemännern, ihren gewalttätigen mohammedanischen Vätern, ihren gewalttätigen mohammedanischen Brüdern. Schon damals sassen weit überdurchschnittlich viele Mohammedaner in Schweizer Gefängnissen, lebten weit überdurchschnittlich viele Mohammedaner von der Sozialhilfe, bezogen weit überdurchschnittlich viele Mohammedaner eine Invalidenrente und waren weit überdurchschnittlich viele Mohammedaner arbeitslos. Vor zwanzig Jahren, als die Schweizer Bevölkerung noch über Einbürgerungen abstimmen konnte, wurden die Gesuche von Leuten aus islamischen Ländern meistens abgelehnt. Diese Meinungsäusserung des Schweizer Volkes wurde dann aber als rassistisch angesehen und verboten. Als die Einbürgerung den Behörden überlassen wurde, bekam jeder Ausländer schon nach einigen Jahren Aufenthalt in der Schweiz das einklagbare Recht, Schweizer zu werden. Mohammedanische Jugendliche wurden eingebürgert, ohne dass überprüft wurde, ob diese auch nur die minimalsten Kriterien der Integration erfüllten. Und doch war schon vor dreizehn Jahren bekannt, dass die Nachkommen der eingewanderten Mohammedaner noch weit weniger als ihre Eltern bereit waren, sich in unsere Kultur zu integrieren. Mit grösster Selbstverständlichkeit wurden selbst Mohammedaner eingebürgert, die klar sagten, dass sie ihre islamischen Gesetze bloss vorübergehend sistieren würden, bis sie in der Schweiz eine Mehrheit seien. Je mehr mein Nachbar über die Mohammedaner in der Schweiz erfuhr, desto unwohler fühlte er sich in seiner radikal islamfreundlichen Linkspartei. Schliesslich trat er aus seiner Partei aus und begann die Auswanderung aller in Basel ansässigen Juden nach Israel zu organisieren. Vor sieben Jahren waren schon so viele Juden ausgewandert, dass in Basel keine regulären jüdischen Gottesdienste mehr stattfinden konnten. Immer mehr christliche Kirchen wurden von der muslimischen Bevölkerungsmehrheit verwüstet oder zu Moscheen und Koranschulen umfunktioniert. Es wäre nur noch eine Frage der Zeit gewesen, bis auch die wunderschöne Synagoge mit den zwei goldenen Kuppeln von Muslimen in Besitz genommen worden wäre. Um das zu vermeiden, organisierte mein Nachbar den Abbruch der Synagoge. Stein für Stein wurde sorgfältig abgetragen, Fenster um Fenster, Holzbank um Holzbank wurden demontiert und nach Israel überführt, wo die Synagoge in aller Pracht wieder aufgebaut wurde. Dieser Jude hatte oft mit meinem Vater lange Diskussionen bis tief in die Nacht hinein geführt und ihm immer wieder islamkritische Artikel und Bücher mitgebracht, die in krassem Widerspruch zu der politischen Überzeugung meines Vaters standen. Die Probleme, welche die mohammedanischen Einwanderer mit sich brachten, waren zwar meinem Vater durchaus bekannt. Immer häufiger meldeten sich bei meinem Vater Jugendliche, die durch gewalttätige Mohammedaner traumatisiert worden waren, die von mohammedanischen Mitschülern verprügelt wurden, wann immer sie gute Leistungen erbracht hatten, oder die als Sauschweizer und Sauchristen beschimpft wurden. Immer mehr junge Mädchen meldeten sich bei ihm, nachdem sie von mohammedanischen Jugendlichen sexuell missbraucht worden waren, verstörte Frauen erzählten ihm, wie sie von ihren mohammedanischen Ehemännern beim geringsten Widerspruch verprügelt, wie sie regelmässig von ihren Ehemännern vergewaltigt würden. Trotzdem weigerte sich mein Vater, darin ein grundsätzlich islamisches Problem zu sehen. Für ihn war jeder dieser brutalen Mohammedaner zuallererst Opfer. Opfer der Armut, Opfer der Kolonialisation, Opfer der Kreuzzüge, Opfer des Rassismus. Für jeden auch noch so gewalttätigen Mohammedaner fand mein Vater eine Entschuldigung. Und meine Mutter schwärmte von der Energie und Lebensfreude der islamischen Kultur und lernte Bauchtanz bei einer eingewanderten ägyptischen Mohammedanerin. Meine Eltern waren klar proislamisch, so wie es sich damals für jeden anständigen Intellektuellen gehörte. Nichtislamische Schweizer Jugendliche, die in der Schule und im Ausgang reichlich Kontakt mit Mohammedanern hatten, protestierten jedoch lautstark gegen die islamfreundliche Grundeinstellung der Politiker. Sie wurden jedoch nicht ernst genommen und als rechtsextreme Rassisten abgestempelt. Auch die breite Masse der nichtislamischen Schweizer Bevölkerung sah in der Masseneinwanderung von Mohammedanern keinerlei Bereicherung und versuchte sich mit Initiativen und Referenden dagegen zu wehren. Sämtliche islamkritischen Initiativen und Referenden wurden jedoch für ungültig erklärt, da sie gegen die Menschenrechte verstossen würden. Und immer wieder wurde betont, dass der Islam grundsätzlich eine friedliche Religion sei. Erst im Jahre 2012 kippte in der Schweiz die proislamische Grundstimmung auch bei den Intellektuellen. Damals

hatten Islamisten versucht, mehrere inhaftierte Attentäter freizu-
pressen, indem sie drohten, in Bern ein zwölfstöckiges Spital in
die Luft zu sprengen. Das Spital wurde in Rekordtempo evakuiert,
aber als die Behörden nicht auf die Forderungen der Erpresser
eingingen, sprengten die Islamisten in Genf ein Spital mit zweitausend Betten in die Luft. Darauf fanden in der Schweiz die ersten grossen antiislamischen Demonstrationen statt und mehrere
islamische Kultureinrichtungen wurden niedergebrannt. Als sich
kurze Zeit später ein mohammedanischer Selbstmordattentäter
in der beliebtesten Disko von St. Moritz in die Luft jagte und
dabei Dutzende von Touristen tötete, starb auch der Ruf der friedlichen, sicheren Schweiz. Der Fremdenverkehr brach vollständig
ein und die prächtig renovierten Hotels mit den überaus luxuriösen Wellnessbereichen waren auch in der Hauptsaison fast vollständig leer. Von da an verging kaum eine Woche ohne islamisches
Selbstmordattentat und viele hochqualifizierte Schweizer wan-
derten in islamfreie Länder aus. Die Schweizer Industrie fand
auch im Ausland kaum mehr Fachleute, die bereit waren, in der
unsicher gewordenen Schweiz zu arbeiten, und viele grosse
Schweizer Firmen sahen sich gezwungen, ihre Produktion in si-
chere Länder auszulagern. Aber erstaunlich viele Schweizer blieben trotz aller islamischen Gefahr in ihrer Heimat und engagier-
ten sich in antiislamischen Bürgerwehren, deren gemeinsamer
Name »AIS« war, Antiislamische Schweiz. Nach einem ganz besonders grausamen islamischen Selbstmordattentat auf eine
christliche Schule zerstörte AIS sämtliche Moscheen, in denen
Hassprediger aktiv waren. Wütende Mohammedaner brannten
darauf hunderte von Kirchen nieder, darunter einige der schönsten
Kathedralen der Schweiz. Die offiziellen katholischen und prote-
stantischen Kirchenvertreter fanden die Zerstörung dieser alten
Kirchen jedoch nicht weiter tragisch. Die in den nächsten Jahren
überfälligen Renovationsarbeiten hätten enorm hohe Kosten ver-
ursacht. Das nun gesparte Geld konnten die christlichen Landes-

kirchen jetzt sinnvolleren Aufgaben zufliessen lassen, wobei die finanzielle Unterstützung der armen mohammedanischen Bevölkerung als besonders wichtig eingestuft wurde. Die nichtmohammedanische Bevölkerung der Schweiz hatte jedoch keinerlei Verständnis für die Zerstörung ihrer schönen Gotteshäuser. Auch für viele Atheisten, die noch nie einen Gottesdienst besucht hatten, waren diese Kirchen ein Teil ihrer Kultur. Nach einem islamischen Terroranschlag auf ein vollbesetztes Fussballstadion mit über zehntausend Toten zerstörte AIS sämtliche islamische Versammlungsräume der Schweiz. Wohltätige Stiftungen veränderten ihre Stiftungsschwerpunkte und unterstützten nun die Opfer von mohammedanischen Gewalttätern, förderten die christliche Mission von Mohammedanern und ermöglichten begabten Kindern aus finanzschwachen Familien den Besuch einer christlichen Privatschule. In jedem dieser Schulzimmer hängt ganz selbstverständlich ein Kreuz und niemand stört sich daran, dass jeden Morgen vor Schulbeginn ein christliches Gebet gesprochen wird. Kein Mohammedaner schickt seine Kinder in eine so selbstbewusst christliche Schule und die christlichen, jüdischen, buddhistischen, hinduistischen und religionslosen Kinder können dort in aller Ruhe lernen, wie vor der Islamisierung.

Schliesslich finde ich ganz unten im Büchergestell das Buch mit dem schlichten Titel: »Europa vor, während und nach der Islamisierung«. Es beschreibt das friedliche, sinnenfreudige, fröhliche Alltagsleben in den meisten europäischen Ländern kurz vor der grossen islamischen Einwanderung. Mit der Zunahme der mohammedanischen Bevölkerung wurden die Strassen unsicher und immer mehr islamische Gewaltverbrecher und Selbstmordattentäter traumatisierten die übrige Bevölkerung. Bereits 2011 wurden mehrere Stadtteile in Frankreich, Deutschland, Dänemark und Schweden zu rein islamischen Ghettos mit islamischer Gesetzgebung erklärt, in denen »Ungläubige« durch den Staat nicht mehr geschützt werden konnten. Andere Länder wie Spanien und Belgien trennten sich von ihren islamischen Gebieten. Es entstanden autonome Scharia-Staaten wie Andalusien und Wallonien und auch dort flüchtete die nichtislamische Bevölkerung in islamfreie Regionen. Kaum jemand wollte als weitgehend rechtloser Dhimmi in einem islamischen Land leben. Nur wenige europäische Staaten hatten frühzeitig die islamische Gefahr erkannt und harte Gesetze gegen integrationsunwillige Muslime durchgesetzt. In diesen Ländern galt das Prinzip »Null Toleranz«. Islamische Gewalttäter, Terroristen und ihre Sympathisanten wurden ausnahmslos ausgewiesen und auch Kleinkriminelle, Betrüger, Taschendiebe, Drogenhändler fanden kein Verständnis und wurden weggeschickt. Wer mehr als ein Jahr von der Sozialhilfe abhängig war, musste in seine frühere Heimat zurückkehren, und wer eine Ausländerin heiratete, durfte sie nur einreisen lassen, wenn er genug verdiente, um eine Familie ernähren zu können. Arrangierte Ehen wurden grundsätzlich nicht akzeptiert. Ausländer, die einwandern wollten, mussten lesen und schreiben können und sich in der neuen Landessprache verständigen können. Jeder Mohammedaner wurde dort schon vor vielen Jahren eingehend zu seiner Einstellung gegenüber dem islamischen Terror befragt und seine Aussagen wurden mit den modernsten Lügendetektoren überprüft. Wer sich in diesen Ländern auf islamistischen Webseiten tummelte, sich für islamische Hetzprediger begeisterte und deren Bücher las, dem wurde schon 2011 durch ein militärisches Schnellgericht die Staatszugehörigkeit entzogen und er musste mit seinem gesamten Familienclan in seine ursprüngliche Heimat zurückkehren. Aber auch wer die westliche, freie Art zu leben verachtete, wurde als nicht integrationsfähig eingestuft und ohne Wenn und Aber ausgewiesen. Die meisten Mohammedaner mussten darauf diese Länder verlassen und die islamische Zuwanderung wurde radikal gestoppt. In den anderen, islamfreundlichen, europäischen Ländern hingegen stieg die Anzahl Mohammedaner exponentiell an.

Die meisten Länder in Europa waren vor zwölf Jahren noch grundsätzlich islamophil und hatten die islamfeindlichen Länder hart kritisiert. Auch Italien und der Vatikan waren viele Jahre lang grundsätzlich positiv gegenüber den eingewanderten Mohammedanern eingestellt. Der damalige Papst machte sich aber zunehmend Sorgen um die immer aggressiver auftretenden Mohammedaner in Europa und die immer brutalere Unterdrückung der christlichen Bevölkerung in den meisten islamischen Staaten. Nachdem viele christliche Priester, Mönche und Klosterfrauen durch fanatische Mohammedaner hingemetzelt worden waren, führte er einen neuen Feiertag ein: den Tag der durch Muslime ermordeten christlichen Märtyrer. Mohammedaner reagierten weltweit mit wütenden Demonstrationen, zündeten christliche Kirchen an und erschlugen zahlreiche Christen, und während dem wenige Wochen später traditionell öffentlich und feierlich zelebrierten Ostergottesdienst wurde der Papst von einem tiefgläubigen Mohammedaner erschossen. Die Freude darüber war in der gesamten islamischen Welt grenzenlos und der Papstmörder wurde als grosser Held gefeiert. Doch schon wenige Tage nach dem Begräbnis des Papstes fanden in ganz Italien die ersten antiislamischen Pogrome statt und sämtliche Moscheen wurden zerstört. Imame aus aller Welt rekrutierten darauf massenhaft Selbstmordattentäter und erklärten Italien den heiligen Krieg. Italien schickte sofort sämtliche Mohammedaner, die noch nicht eingebürgert waren oder die eine doppelte Staatsbürgerschaft besassen, in ihre ursprüngliche Heimat zurück. Die übrigen Mohammedaner wurden von einer militärischen Untersuchungskommission eingehend befragt und die meisten wurden darauf in ein Militärgefängnis gebracht. Die Sicherheit der nichtislamischen Bevölkerung bekam in Italien absolute Priorität und die Einreise von Mohammedanern wurde radikal verboten. Innerhalb von nur wenigen Wochen war Italien weitgehend islamfrei geworden. Im ganzen Land wurde gefeiert, auf den Strassen wurde getanzt, man lachte wieder, scherzte, küsste und umarmte sich wieder in aller Öffentlichkeit, auf den Parkbänken sassen engumschlungene Liebespaare und die Kirchenglocken läuteten fast ununterbrochen. Je stärker die antiislamische Bewegung in Europa wurde, desto stärker wurde aber auch der antiwestliche Hass vieler Mohammedaner. Allerdings wandten sich immer mehr islamische Frauen von ihrer Religion ab und konvertierten heimlich und unter Lebensgefahr zu einer anderen Religion, in der sie mehr respektiert werden.

Neben diesem dicken Buch steht ein ganz schmales, dunkelviolettes Buch, geschrieben von einer älteren, vornehmen Dame aus altem Basler Geschlecht. Sie hat das Büchlein ihrem Sohn Manfred gewidmet. Nach seinem Anwaltsexamen heiratete er seine Jugendliebe und begann als Gerichtsschreiber am Strafgericht der Stadt Basel zu arbeiten. Schon bald fiel ihm die hohe Anzahl von Mohammedanern unter den in Basel verurteilten Gewaltverbrechern auf. Aber dieses Thema war am Arbeitsplatz absolut tabu, und wenn er mit seinen Kollegen über seine Beobachtungen reden wollte, wurde eisern geschwiegen. Bald galt er als Aussenseiter und wurde von seinen Mitarbeitern gemieden. Aber das Thema Islam und Gewalt liess ihm keine Ruhe und so begann er auf eigene Faust Statistiken zusammenzustellen. Schliesslich veröffentlichte er auf einer islamkritischen Internetseite einen ausführlichen Bericht über die Anzahl Mohammedaner unter den Verurteilten, über die Verbrechen, die sie begangen hatten, über die Strafen, die sie vom Gericht bekommen hatten, über den materiellen und psychischen Schaden, den sie ihren Opfern zugefügt hatten. Wenige Wochen später wurde Manfred auf offener Strasse von einem bisher als friedlich geltenden Mohammedaner erstochen. Der Täter fand einen islamophilen Psychiater, der ihn als paranoid einstufte, somit als nicht zurechnungsfähig, und eine ambulante Therapie empfahl. Die meisten Zeitungen hatten volles Verständnis für den Täter. Der ermordete junge Mann fand kaum Verständnis, für die meisten Medien war er ganz klar ein rassistischer Dummkopf. Wer solche brisante Daten veröffentlichte, der musste halt heftigste Reaktionen in Kauf nehmen, das wusste doch jedes Kind. Trotzdem wurde für den Ermordeten ein feierlicher Abdankungsgottesdienst organisiert, bei dem auch der Bischof und die wichtigsten lokalen Politiker teilnahmen. Auch ein bekannter Imam war anwesend. In der Predigt betonte der Priester einmal mehr, dass dieser Mord nichts mit dem Islam zu tun habe. Der Islam sei eine grossartige und absolut friedliche Religion. Mitten in seinen wohldurchdachten, überaus salbungsvollen Worten stiess die junge Witwe einen gellenden Schrei aus. Und sie stand auf und verfluchte mit lauter Stimme den Islam und die Scheinheiligkeit und Feigheit der Priester, Pfarrer und Politiker und sie bespuckte den in islamischen Kleidern erschienenen Imam. Schliesslich schleiften sie vier starke Männer aus der Kirche. Ein dumpfes Gemurmel entstand in der Kirche, das immer lauter wurde und schliesslich schrie die ganze Gemeinde wie in einem Chor, immer wieder, immer lauter: »Allah ist Satan, Allah ist Satan, Allah ist Satan.« Der Pfarrer versuchte vergeblich die Trauergemeinde zu stoppen. Schliesslich stand der Imam auf und ging rot vor Zorn in hastigen Schritten hinaus. Doch kurz bevor er die Kirche verliess, gerade als er neben dem Weihwasserbecken aus rosarotem Marmor angelangt war, drehte er sich nochmals um und rief laut und deutlich zur Trauergemeinde: »Allah verflucht euch, ihr seid nichts als übelriechende Hunde. Allahu akbar, Allah ist grösser.« Danach war es für eine ganz Weile totenstill in der Kirche. Schliesslich stand einer nach dem anderen langsam auf, bekreuzigte sich und verliess schweigend die Kirche. Die Gesichter der Menschen waren versteinert, keiner verliess die Kirche so, wie er sie betreten hatte. Schliesslich blieb nur noch der Pfarrer in der Kirche, vorne beim Altar, erstarrt. Plötzlich fiel ihm ein, dass er den Gottesdienst nicht beendet hatte. Und wie ein Automat sprach er die Schlussworte vor der nun leeren Kirche: »Gehet hin in Frieden«, und machte das Kreuzzeichen über die nicht mehr anwesende Gemeinde. Eine Woche später war Pfingsten, das Fest des heiligen Geistes. Dieser Tag wurde wie immer mit einem ganz besonders feierlichen Gottesdienst begangen. Während den uralten gregorianischen Gesängen betrat ein Mann, den man bisher noch nie gesehen hatte, die Kirche, nickte freundlich nach links und rechts und lächelte den Leuten zu. Dann zündete er den Sprengstoff unter seiner Jacke und riss sich und all die Leute um ihn herum in den Tod. Der junge Mann war bisher bekannt gewesen als ein erfolgreicher Mohammedaner, Chemiestudent im vierten Semester, und galt als bestens integriert. Seine Eltern waren vor zwanzig Jahren aus dem Irak in die Schweiz geflohen und hatten hier Asyl erhalten. Er war ihr ältester Sohn und hatte drei jüngere Brüder und vier jüngere Schwestern. Aber niemand in seiner Familie verurteilte seine schreckliche Tat. Ganz im Gegenteil, alle jubelten vor Freude und die islamischen Nachbarn, Freunde, Bekannten beschenkten die Familie des Massenmörders überaus reich. Für sie war der junge Attentäter ein Märtyrer und sie waren überzeugt, dass er nun im Himmel war, umgeben von zweiundsiebzig Jungfrauen, die ihm jeglichen Wunsch erfüllten. Die katholische Kirche entschuldigte sich nochmals in aller Form für die schlimmen antiislamischen Verfluchungen durch die christliche Gemeinde und schenkte der muslimischen Gemeinde die durch das Sprengstoffattentat ziemlich mitgenommene Kirche als Zeichen der Versöhnung. Diese Kirche kunstgerecht zu renovieren, hätte viel Geld gekostet und es gab ja mehr als genug Kirchen in der Schweiz. Sogleich begann die islamische Gemeinde mit dem Umbau der ehemals katholischen Kirche in eine stattliche Moschee und aus dem dreissig Meter hohen Kirchturm wurde innerhalb von nur wenigen Monaten ein sechzig Meter hohes Minarett. Bei der feierlichen Einweihung der Moschee waren auch viele Würdenträger der Landeskirchen anwesend und alle lobten die gelungene Renovation und entschuldigten sich einmal mehr für die schlimmen Beleidigungen durch die ehemalige Kirchgemeinde. Die überlebenden Christen dieser Gemeinde traten aber ausnahmslos aus der katholischen Landeskirche aus. Was sollten sie auch in einer Kirche, deren Hirten sich mehr für das Wohl der Wölfe als für das Wohl ihrer Herden interessierten?

Nach dem Tod ihres Sohnes organisierte seine Mutter eine schweizweite Plakataktion unter dem Titel: »Was wirklich im Koran steht«. Auf verschiedenen Plakaten stand in dunkelgrüner Grossschrift jeweils ein Ausschnitt aus dem Koran, dem »heiligen« Buch des Islams. Es waren relativ harmlose Koransätze wie Sure 5, Vers 51: »Oh ihr, die ihr glaubt! Nehmt nicht die Juden und die Christen zu Freunden!«, dann aber auch weniger Harmloses wie Sure 4, Vers 34 über ungehorsame Ehefrauen: »Und jene, deren Widerspenstigkeit ihr befürchtet, ermahnt sie, meidet sie im Ehebett und schlagt sie.« Auf einem anderen Plakat stand Sure 8, Vers 55: »Wahrlich, schlimmer als das Vieh sind bei Allah jene, die ungläubig sind und nicht glauben werden«, und wieder auf einem anderen Plakat war Sure 9, Vers 5 zu lesen: »Tötet die Götzendiener, wo immer ihr sie findet, und ergreift sie und belagert sie und lauert ihnen aus jedem Hinterhalt auf«, und auf einem anderen Plakat stand Sure 2, Vers 191: »Und tötet sie, wo immer ihr auf sie stosst, und vertreibt sie, von wo sie euch vertrieben haben, denn die Verführung zum Unglauben ist schlimmer als Töten.« Ihre Plakataktion wurde wegen Aufruf zum Rassenhass sofort verboten. Diese Koransätze wurden jedoch von vielen Leuten gelesen, die bisher keine Ahnung hatten, was wirklich im Koran stand. Die meisten hatten den Medien, Politikern und Kirchenvertretern geglaubt, die gebetsmühlenartig immer wieder behauptet hatten, der Islam sei eine friedliche Religion, und man hatte sich verpflichtet gefühlt, an das Gute im Islam zu glauben, auch wenn die alltäglichen Erfahrungen mit den muslimischen Immigranten aus erster, zweiter und dritter Generation eine ganz andere Realität gezeigt hatten. Negative Informationen über Muslime und den Islam wurden in den Medien nur äusserst selten veröffentlicht. Man war überzeugt, dass in Europa ein fortschrittlicher Islam entstehen würde, der dann für alle anderen islamischen Länder ein leuchtendes Vorbild sein würde. Aber schon in den ersten Jahren des neuen Jahrtausends gab es in Madrid und London islamische Terroranschläge, bei denen hunderte von »Ungläubigen« getötet wurden. Kaum ein Mohammedaner ging deshalb auf die Strasse und protestierte gegen diese barbarischen Verbrechen. Hingegen demonstrierten nach der Veröffentlichung von banalen Karikaturen über Mohammed tausende von Mohammedanern in ganz Europa. Aber die Islamophilen berauschten sich weiterhin an ihrem Traum vom friedlichen Islam und wachten auch nicht auf, als sich die mohammedanischen Einwanderer und ihre Nachfahren zunehmend für den Islam der Taliban begeisterten. Zunächst hatten die Mohammedaner bloss eigene Friedhöfe gefordert. Der Koran würde ihnen nicht gestatten, zusammen mit »Ungläubigen« beerdigt zu werden, und ihre Friedhöfe dürften nicht mit Erde verunreinigt sein, in der Christen beerdigt worden waren. Sie bestanden auf geschlechtsgetrenntem Turnunterricht und später setzten sie das obligatorische Kopftuchtragen für mohammedanische Mädchen durch. Kurze Zeit darauf wurde ihnen die Heirat von mehreren Frauen erlaubt und das früheste Heiratsalter von mohammedanischen Mädchen wurde auf zehn Jahre festgelegt. Jeder Mohammedaner bekam das Recht, seine Frauen jederzeit für seine sexuelle Befriedigung zu benützen, ganz nach Sure 2, Spruch 223: »Eure Weiber sind euch ein Acker. Gehet zu euerm Acker, wann immer ihr wollt.« Falls sie ihm nicht gehorchten, hatte er das durch islamische Gesetze gesicherte Recht, sie zu schlagen, und falls er von ihnen genug hatte, konnte er sich mit einem Satz von ihr trennen. Schliesslich forderten die Mohammedaner auch in der Schweiz das Recht, ihre untreuen Ehefrauen zu steinigen und ihren Glaubensbrüdern, die sich vom Islam abwandten, den Kopf abzuschlagen. Erst dann begannen sich auch linke Politiker und Medienleute zu fragen, ob Mohammedaner in unsere Kultur überhaupt integrierbar seien oder ob man mit der Islamisierung nicht grundsätzliche Werte der westlichen Zivilisation aufgeben müsse. Und sogar die zivilisationskritischsten Linken realisierten, dass man die bisher als Selbstverständlichkeit angesehene Freiheit weitgehend verlieren könnte, und wurden unsicher, ob ein Zusammenleben mit Leuten, die solche Hasssätze als göttlich und absolut verbindlich ansahen, wirklich möglich sei.

Neben diesem Buch stehen verschiedene islamkritische Bücher, die schon vor mehr als fünfzehn Jahren vor der tödlichen Gefahr der Islamisierung warnten. Oriana Fallaci kämpft mit dem Mut einer verwundeten Löwin in ihrem Buch »Die Wut und der Stolz«, daneben erklärt Ibn Warraq mit enorm viel Detailwissen, »Warum ich kein Muslim bin«, von Bat Ye`or wird in einer wissenschaftlichen Abhandlung »Der Niedergang des orientalischen Christentums unter dem Islam« geschildert, und auch Samuel P. Huntingtons Bestseller »The clash of Civilizations and the Remaking of Word Order« ist da. Sie galten aber alle als politisch äusserst inkorrekt und wurden von den meisten Politikern und Medien nicht ernst genommen.

Auch die Bücher daneben könnten für meine Dissertation hilfreich sein: »Warum Mohammed Karawanen überfallen und ausrauben konnte und trotzdem nicht Räuber genannt werden darf«. Oder: »Warum Mohammed Hunderte von Männern, die sich ihm nicht unterwerfen wollten, hinschlachten lassen konnte und trotzdem nicht Massenmörder genannt werden darf«. Und ich erinnere mich an die Geschichte von Mohammeds Schlacht der Gräben vom Jahre 627 und an den letzten jüdischen Stamm in Medina, die Banu Qurayza, der sich lange Zeit Mohammed widersetzt hatte und schliesslich kapitulieren musste. Ich sah, wie während der Nacht Gräben über den Marktplatz von Medina gezogen wurden. Unter Anwesenheit Mohammeds wurden die Juden gruppenweise an die Gräben geführt, wo sie niederknien mussten und dann geköpft wurden. Ihre Leichname wurden in den Graben geworfen und nachdem über 700 Männer hingeschlachtet worden waren, vergnügte sich Mohammed mit der schönen Ribana, deren Mann eben gerade massakriert worden war.

Plötzlich wird mir speiübel und auf einen Schlag wird mir klar, ich werde diese Dissertation nicht schreiben, ich werde mir das nicht antun. Die Folgen der Islamisierung sind unerträglich brutal. Das ertrage ich nicht. Damit mag ich mich nicht auseinandersetzen. Und ändern würde meine Dissertation nichts, aber auch gar nichts an den Problemen, die wir wegen dem Islam haben. Ich gehe in die Küche, erleichtert über meinen klaren Entscheid, und beruhige meine flatternden Nerven mit weissflaumigem Tee und brennend süssen Ingwerplätzchen vom Bäcker Süssmund.

Kaum habe ich den ersten Schluck getrunken und meine Füsse auf den Tisch gelegt, summt mein Handy. Es ist meine Freundin Jaguar. Sie tönt so aufgeregt, dass ich sie zunächst kaum verstehe.

»Gott sei Dank kann ich Dich erreichen!«

»Ja, was ist denn los?«

»Um Himmels willen, hörst Du denn keine Nachrichten?«

»Meinst du den Anschlag heute in New York? Da rege ich mich schon gar nicht mehr auf, was wäre das sonst für ein Leben, es gab ja schon so viele Terrorakte.«

»Ja, aber hast Du auch gehört, dass dieser Anschlag schon vor vielen Jahren von Mohammedanern in Basel geplant wurde und dass die USA von der Schweiz die Auslieferung aller islamischen Terroristen und ihrer Hintermänner verlangt haben?«

»Nein, das ist mir neu.«

»Die Schweiz kann das natürlich nicht, Basel ist eine vollständig autonome islamische Stadt, die Schweiz kann dort keine Mohammedaner verhaften und ausliefern.«

»Das ist ja klar, das hätte man sich denken können.«

»Aber die Amerikaner haben heute Morgen der Schweiz gedroht, Basel zu bombardieren, falls die Schweiz nicht sofort alle verhaftet, die irgendwelche Kontakte zu den Terroristen hatten.«

»Ich glaub das einfach nicht, die Amerikaner können doch nicht einfach über der Schweiz Bomben abwerfen, wir sind doch nicht im Krieg, das ist ja Irrsinn.«

»Oh nein, du irrst, es ist Krieg, und das Verrückte ist, die Schweiz ist mit der Bombardierung von Basel einverstanden, allerdings nur unter der Bedingung, dass der historische Stadtteil verschont wird. Schon in den nächsten Stunden soll es losgehen, und zwar mit einer Waffe, die noch nie eingesetzt worden ist. Neutronenbomben, höchstwahrscheinlich. Alle Lebewesen in Basel und der näheren Umgebung werden getötet werden. Die Reichweite dieser Bomben ist unklar. Es kann also auch dich treffen. Ich kann jetzt nicht mehr lange reden, wir Grenzbeamte werden nun alle evakuiert, die Militärhelikopter warten schon, Elisabeth und Kyra steigen gerade ein. Du wohnst zu weit von unserer Basis, wir können dich nicht mitnehmen, aber keine Angst, Nerses, der Skywalker, ist in zehn Minuten bei dir. Er hätte uns heute Nachmittag sechs Paar Düsenflügel bringen sollen, ich hab ihn aber gestoppt. Er war mit seinem Lieferwagen bereits in der Nähe von Professor Süssmund, den hat er sicher schon mitgenommen, auch er wird mit euch fliegen. Du brauchst keine Angst zu haben, Nerses ist ein Profi und perfekt. Du musst gar nichts tun. Drei weitere Leute können mitfliegen. Frag herum, den Mönch haben wir schon gefragt, er will seine Gnadenmutter auf gar keinen Fall verlassen. Es könnte nach dem Angriff Plünderungen geben, nehmt trotzdem nur das Allernötigste mit – einen Rucksack, mehr nicht.«

»Okay. Merci für alles. Übrigens, was ist das für ein Name, Nerses?«

»Nerses Tamrasjan ist Armenier, vor zehn Jahren in die Schweiz eingewandert – superstolz, supermutig, supergescheit. Sieht aus wie der Geissenpeter, könnte Dir gefallen. Aber jetzt muss ich aufhören, wir starten, alles Gute, pass auf Dich auf!«

Einen Moment lang sitze ich vor meinem weissen Tee und dem angeknabberten Ingwerplätzli, unfähig mich zu bewegen, unfähig zu denken, wie auf einem elektrischen Stuhl, festgezurrt. Dann schreie ich, so laut ich kann, und reisse mich los und renne zu Alice. Sie sagt sofort zu.

»Klar komm ich mit. So einen Angriff habe ich längst erwartet. Alles Wichtige hab ich in diesem kleinen Rucksack, seit Jahren bin ich immer bereit.«

Dann renne ich hinunter zu Herrn Zwyssig. Ich klingle so heftig ich kann, ich rufe mich heiser, ich schlage mit beiden Fäusten gegen seine Türe. Nichts, keine Reaktion. Doch – hat er nicht vor einigen Tagen etwas von einer Schifffahrt auf dem Zürichsee gesagt, die er unbedingt noch vor seiner Abreise unternehmen möchte? Einer seiner noch nicht erfüllten Träume. Ich habe keine Zeit mehr zu verlieren und stürme in die Wohnung von Lady Veruschka, erkläre ihr kurz, was passiert ist, was passieren wird, aber sie lächelt nur ruhig.

»In diese Teufelsdinger steige ich nicht, kommt nicht in Frage, ich würde dort oben an einem Herzinfarkt sterben, ganz bestimmt. Und es besteht ja auch die Möglichkeit, dass die Strahlung nicht bis hierher kommt. Und wenn schon, man stirbt doch dann ganz schnell und schmerzlos, und so sterben ist doch ein Geschenk des Himmels.«

Und dann nimmt sie aus ihrer alten Rosenholzkommode ein Täschchen aus rosarotem Krokoleder.

»Nimm, das ist für dich.«

Und dann streift sie einen grossen Ring von ihrem kleinen Finger.

»Dies ist mein Verlobungsring, mein allerschönster Ring. Es ist ein Alexandriner und nachts bei Kerzenschein schimmert er so intensiv rot, dass man um seinen Verstand fürchten muss. Pass gut auf ihn auf, pass gut auf dich auf. Und jetzt: Saus, hü!«

Und als ich ihr verwirrt einen Kuss auf ihre Stirn drücke, umarmt sie mich mit der Kraft eines Sumoringers und ich schnappe nach Luft. Dann renne ich in ihre Küche, nehme zwei Flaschen Champagner aus dem Kühlschrank, stelle sie in eine Kühlbox und lege zwei Tafeln dunkle Schokolade dazu. Dann eile ich wieder zu ihr zurück und rufe ihr zu: »Damit du nicht verhungerst und verdurstest. Und gib dir ja Mühe, das alles zu überleben, in ein paar Tagen komm ich wieder zurück und bring dir dein Täschchen zurück.«

Und dann sause ich los, und winke ihr auf der Treppe nochmals zu, aber sie ist schon weg und hat ihre Wohnungstüre hinter sich geschlossen. Es ist, als ob sie sich bereits in Staub aufgelöst hätte, und alles, was von ihr übriggeblieben war, nun in diesem seltsamen, nach trockenem Schlamm riechenden Alligatorentäschchen läge. Ich fliege die Treppen hinauf, stopfe meinen Laptop, meine Schulzeugnisse, Diplome, Bankunterlagen in meinen Rucksack. Dann rufe ich alle Leute an, die ich kenne – niemand antwortet. Zwei Flügelpaare sind noch frei. Und während ich nachdenke, wen ich noch kontaktieren könnte, steige ich in meine besten Jeans, ziehe mir die blütenweisse, mit handgeklöppelten Spitzen reich verzierte alte Trachtenbluse an, schnüre mir die knöchelhohen Bergschuhe mit einem doppelten Knoten fest zu und schlüpfe in meinen alten taubenblutroten Mantel mit dem schwarz-weissen Hermelinfutter. Wie hoch werden wir hinauffliegen, wo werden wir landen, wie kalt wird es sein? Ich schwinge den Rucksack über meine Schultern, renne ins Schlafzimmer, ein Rundblick, auf dem Nachttischchen liegt immer noch das schmale Büchlein von Basho's Wanderungen, »Wanderer, so sollst Du heissen, das ist Regen im Wind«, das kommt in meine rechte Manteltasche. Dann in die Küche, stecke eine Tafel Milchschokolade in die andere Manteltasche. Zurück ins Wohnzimmer, auf dem Boden liegt der weisse, selbstgestrickte Pullover aus der ersten Wolle meiner Geisslein Schnüü und Schnöö. Wieso nicht die beiden Geisslein mitnehmen? Ich kann ja sonst niemanden erreichen. Und schon stürze ich die Treppen hinunter, springe in mein Solarmobil und fahre los. Beide Geisslein stehen bereits am Gartentor, als ob sie auf mich gewartet hätten, und schauen mich mit fragenden Augen an. Ich stosse sie wortlos hinten ins Auto, gebe Vollgas und fahre wie im Delir zurück. Alice sitzt bereits unter der Haustüre mit ihrem kleinen, graugrünen Leinenrucksack, ein Geschenk der Ordensschwestern, und trällert so vergnügt vor sich hin, als ob wir eine Wanderung durch blühende Kirschenhaine vor uns hätten. Und da seh ich schon den silbrig schillernden Lastwagen auf uns zuflirren. Direkt vor der Gartentüre bleibt er abrupt stehen und Professor Süssmund steigt bestens gelaunt von dem Beifahrersitz. Und dann springt Nerses Tamrasjan mit einem Schwung aus seiner Kabine – und mein Herz stockt, und ich starre ihn an: ein hingeschleuderter Felsbrocken aus der Eiszeit. Sein Gesicht ist kantig, seine Augen sind schräg geschnitten und sein Körper ist massiv. Einen Atemzug lang starrt auch er mich überrascht an, aber dann ruft er uns zu: »Ladies, ran an die Arbeit!« Seine Bewegungen sind geschmeidig, fliegend – ein junger, schwarzer Panther, überschäumend von Energie. Ich hätte ihn noch stundenlang weiter bestaunen können, aber schon ist er bei mir, schüttelt mich energisch: »Los, wir haben keine Zeit für Meditationen«, und springt wieder zu seinem Wagen, öffnet die Lastwagenplane, lässt hinten eine kleine Treppe ausfahren. Sechs funkelnde, nigelnagelneue Düsenflügel stehen auf dem Lastenschlepper, in Reih und Glied, der Längsachse nach ausgerichtet. »Beeilt euch, schnell, rauf mit euch.« Ich schnappe mir die beiden Geisslein und ziehe sie die Rampe hinauf. Ruckzuck, schon stecken sie im Fliegeroverall und hängen festgezurrt am Flügelapparat, und bevor sie losmeckern können, schiebt Nerses jedem Geisslein einen

Zuckerwürfel in die Schnauze. Und dann wendet er sich wieder an uns: »Das ist kein Schleck, und wenn ihr nicht subito pariert, steck ich euch auch einen Narkosezucker in den Rachen.« Dann schlüpfen Alice und Professor Süssmund in die Fliegeroveralls und Nerses schnallt sie je an einem Düsenflügelpaar fest. Schliesslich teilt er mir die mittleren Flügel direkt neben sich zu, kontrolliert, ob ich alles richtig geschlossen habe, schlüpft in seinen Overall und schnallt sich an den Düsenflügel.

»Ihr müsst einfach ruhig sein, nicht herumzappeln, es kann gar nichts passieren, ich mache alles, bei euch läuft es automatisch. Wir sind miteinander mit Funk verbunden. Meldet euch sofort, wenn ihr Probleme habt.« Und schon zündet er die an den Flügelenden befestigten Düsen. Wir werden wie eine Rakete in die Luft geschleudert – und ich sehe, wie er vor Vergnügen lacht, wild, frei, unabhängig, ein Adler. – Und zum ersten Mal sehe ich meinen Paradiesgarten von oben. Riesengross, wunderschön. Eine wilde Orgie aus Farben und Formen. Ich wende mich Nerses zu: »Das ist alles mein Garten!«

»Geerbt?«, ruft er zurück.

»Nein, selbst verdient.«

»Wow.«

Aber schon ist mein Garten verschwunden und wir fliegen über liebliche, hellgrüne Hügel, über satte, freundliche Blumenwiesen, über grosse, sattgrüne Wälder, in denen immer wieder vereinzelt weiss blühende Kirschbäume stehen. Die Häuser werden immer stattlicher, man sieht kaum mehr Ruinen, und auch die kleinsten Gärten sind alle mit grosser Hingabe gepflegt, überall blüht es in fröhlichen Farben und die Strassen sind wie lange, mild schimmernde Seidenbänder und ganz ohne Schlaglöcher. Alice summt glücklich vor sich hin und auch das unverständliche Gebrummel von Professor Süssmund tönt zufrieden und von meinen beiden Geisslein höre ich nur ab und zu ein schwaches »Määäh«. Nerses meldet sich wieder.

»Bei uns läuft alles super, aber schaut ja nicht zurück. Da hinten über Basel ist bereits die Hölle los.«

Ich will nicht an Basel denken und frage ihn, wohin wir nun fliegen.

»Zu mir nach Tamangur – meiner Alp im Engadin.«

Das tönt aber nun wirklich sehr spannend: »Erzähl mehr!«

»Sechs Wollschweine, acht Schafe, zwanzig Zwergkühe, zwölf Seidenhühner und zwei Hirtenhunde, Zotteltiere. Deine beiden Geisslein passen prima zu uns.« Und dann lacht er. Ein wildes, unbändiges Berglerlachen.

Ich wende meinen Kopf zu ihm, so gut es in meinem starren Overall möglich ist. »So eine Alp kostet ein Vermögen, du musst sehr reiche Eltern haben.«

Er lacht wieder. »Nein, alles selber verdient. Mit Businessflügen, Shoppingflügen, Theaterflügen für die superreichen Alpleute. Aber schau da links unten – Zürich – in etwas mehr als einer halben Stunde sind wir zu Hause.« Und er beginnt laut zu jodeln.

Doch plötzlich werden wir zu den Wolken hinauf gesogen, in einer Spirale, immer schneller. Mir wird ganz bange, doch schon sind wir oberhalb der Wolken und fliegen wieder ruhig vor uns hin, in der wunderschönen kristallblauen Luft, beschienen von einer breit lachenden Sonne, und ab und zu taucht aus dem Wolkenmeer die glitzernde Spitze eines Schneeberges auf. Und immer wieder lichtet sich die Wolkendecke unter uns für kurze Zeit.

»Dort hinten, dieser schmale Streifen, ist das Val S-charl, und noch weiter hinten ist meine Alp.«

Und schon wieder sind wir umhüllt von einer Wolke. Es wird immer dunkler und plötzlich beginnt Alice zu singen: »Do oben an mim Bärgli, sitzt es kleins Heidelidum, do oben am mim Bärgli, sitzt es Heidelidum. Dilipdamde, dilipdamde, ʼs Heidelidum hett niemerds gseh, dilipdamde, dilipdamde, aber ʼs Heidelidum hetts gseh.« Und ich singe mit, und wir lachen wie in einem Glückstaumel und schon wird es wieder hell und wir fliegen ruhig unterhalb der Wolke vor uns hin. Vor mir zeigt sich nun ein azurblauer Himmel, ruhig wie ein Bergsee, und unter mir erblicke ich bereits die ersten, knorrigen Arvenbäume und ich erinnere mich an ihren intensiven, würzigen Duft, der nach Freiheit riecht und so friedlich stimmt. Doch dann werden wir ganz heftig geschüttelt.

Nerses meldet sich wieder: »Eine Turbulenz, das hat gar nichts zu bedeuten«. Und in seiner lieblichen Sprache, die mir schon so vertraut ist, singt er ein ruhiges Lied vor sich hin. Ein Wiegenlied, ein Gutnachtlied, ein Schäferlied? Meine Augenlider werden immer schwerer, mein Atem wir immer langsamer und ich fühle mich unendlich wohl wie in einem Bett aus frisch gemähtem Heu, in einer uralten Hütte, oben auf einem smaragdgrünen Berg, übersät mit kleinen kobaltblauen Enzianen, und alles lächelt und nickt mir freundlich zu.

Danksagung

Ganz speziell bedanken möchte ich mich beim Blog »Politically Incorrect«, der mir unter www.pi-news.net mit Originalberichten und Dokumentationsfilmen die Augen geöffnet hat für die grausamen Seiten des Islams.

Die Autorin spendet 50 % ihres Honorars an eine Organisation, die sich für die Opfer des Islams einsetzt.